キツネとタヌキの恋合戦

Hikaru Masaki
真崎ひかる

CHARADE BUNKO

Illustration

麻生ミツ晃

CONTENTS

母屋《おもや》の大広間からは、ザワザワと大勢の話し声が聞こえてくる。

同じ敷地内とはいえ、別棟になっているにもかかわらず、佳寿《かず》の部屋までざわめきが届くということは、相当盛り上がっているのだろう。

「会合って言ってたけど、コレはやっぱり宴会だよなぁ」

毎度のことだが、会合という名目で集まった地域の大人たちは、酒を酌み交わしているはずだ。

明日も、早朝からの農作業が控えているはずなのに……呆《あき》れるほど元気だ。あの人たちの体力には、十八歳の佳寿がついていけない。

「ふぁぁ……風呂《ふろ》入って、寝よ」

テレビを消した佳寿は、大きなあくびをこぼして立ち上がった。

自室を出ると、渡り廊下を歩いて風呂のある母屋に向かう。都会と比べれば地価が高くない田舎《いなか》とはいえ、寺内《てらうち》家は広大な敷地面積を誇っている。

二桁《ふたけた》の部屋数がある母屋に加えて、現在佳寿が使っているのと同じ造りの離れが三棟。それらは、かつて使用人が居住していた建物らしい。

過去には領主様と呼ばれていた歴史があり、二十一世紀の現代でも地域のリーダーを担っている。

幸いなことに佳寿は気楽な次男なのだが、跡取りである兄の知寿《ちず》は今も会合に参加しているはずで……なにかと大変そうだ。

「今夜も熱帯夜かなぁ―」

クーラーの効いた部屋から出た途端、うなじに汗が滲《にじ》み出た。風があるだけマシかもしれないけれど、爽《さわ》やかさには程遠い温風だ。

憂鬱《ゆううつ》な気分で足を運び、二十メートルほどの渡り廊下を渡り切ったところで、こちらへ向かって歩いてくる人影に気づいた。

「おお、佳寿。ちょうど、おまえを呼びに行こうと思っていたんだ」

佳寿の前で足を止めたのは、叔父《おじ》の一人だった。佳寿の肩に腕を回すと、有無を言わさない強引さで大広間へと連行しようとする。

「ちょっ……宴会には参加しないよ。おれ、風呂に入ってもう寝るんだから」

あちらから言われる前に、先手を打って断り文句を口にする。

なんとかして逃れようと身体《からだ》をよじっても、小柄な佳寿では抗《あらが》えなかった。百六十五センチに五十キロという、貧相な体格の己が憎い。

「安心せぇ。宴会じゃない。真面目《まじめ》な話だ」

「……真面目な話？」

確かに、これだけ密着していても叔父からはアルコール臭を感じない。声も、至って真剣なものだ。

宴会に巻き込まれることを嫌がって抗おうとしていた佳寿は、踏ん張っていた足から力を抜くと自発的に大広間へ向かった。

「おーい、佳寿を連れてきたぞ」

叔父が襖《ふすま》を開くと、室内にいた数十人の大人たちが一斉に目を向けてきた。想像していた宴席の体はなく、長テーブルの上にあるのは茶のペットボトルだ。

「な、なに？」

真剣な眼差《まなざ》しで大勢から注視されることに居心地《いごこち》の悪さを覚えた佳寿は、とりあえずヘラリと笑って見せた。

緊張感がないと受け取られたのか、一番近くに座っていた五歳上の兄が大きなため息をついた。

「まったく……この微妙な空気の中でヘラヘラ笑えるとは、さすが佳寿だな。能天気なおまえらしい」

「なんだよ、嫌味な言い方っ。なんで連れてこられたのかもわかんないし、状況が読めないんだから仕方ないだろ」

呆れた、と言わんばかりの態度にムッとして、両手で拳《こぶし》を握って反論する。出ていってやろうかと踵《きびす》を返しかけたところで、叔父に背中を小突かれた。

「突っ立ってないで、座れ。次男とはいえ佳寿も直系の男なんだ。十八になっていることだし、蚊帳《かや》の外には置いておけん」

「だから、なんなんだよ。……親父？」

兄の隣でどっかりと胡坐《あぐら》をかいている父親に、戸惑いの滲む目を向けた。

難しい表情の父親は、さらにその隣で茶の入ったグラスを手にしている祖父へと視線を移す。

数秒、顔を見合わせていたけれど。

「知寿から佳寿に説明してやれ」

ズズッと茶をすすった祖父は、兄に話を振った。

……説明するのが面倒で、無言の押しつけ合いをしていたに違いない。

「佳寿、大池《おおいけ》の状態はおまえも知っているだろう」

仕方なさそうに口を開いた兄は、重苦しい口調でそう尋ねてくる。このあたり一帯の水源である大池を思い浮かべた佳寿は、表情を引きしめてうなずいた。

大池についての話題になると、さすがに笑うことはできない。

「まとまった雨が降らなければ、一ヶ月もたないな」

「え……」

深刻な声音で続けられた兄の言葉に、息を呑《の》んだ。

年明けから少雨傾向ではあったが、例年なら梅雨《つゆ》の時期にある程度貯水できるのだ。ただ、今年は梅雨が短かった上に、記録的な少雨だった。

七月の半ばという季節的にも、纏《まと》まった恵みの雨をもたらしてくれる台風の接近は期待できない。

「……そんなにヤバいんだ」

佳寿はポツリとつぶやき、こうして大人たちが深刻な様子で会合を開いている理由を悟った。

ペットボトル詰めの水が売られている時代だ。生活用水は、工夫次第でどうにかなる。ただ、大量に水が必要となる農業用水となれば話は別で……大池からの供給が途絶えれば、大ダメージを負うことは明白だ。

「正直言って、かなりヤバい。ついに要石《かなめいし》が出現した。下のほうの農地では、すでに水不足の被害が出始めている」

兄は苦い顔で口にして、ふぅ……と息をつく。

水源から遠い農地や高台では充分な水が行き渡らず、渇水の影響を大きく受けてしまうことになる。

要石が見え始めたという言葉で、遅ればせながら佳寿にも大事なのだという実感がのしかかってきた。

大池の中心部にある要石は、平素なら水の底に沈んでいるものだ。存在は知っていても、これまで目にする機会はなかった。ただ、過去にも何度か大渇水の際に姿を現した……らしい。

佳寿は生まれて一度も自身の目で見たことがなく、身近なものというよりも感覚的には『日本昔話』の世界だったが……それが、ついに現れたという。

「先週の雨乞《あまご》いの祭でも、降らんかったしなぁ」

テーブルを囲んでいる一人がつぶやき、ますます重苦しい空気が漂う。

両手で持っていたグラスをテーブルに置いた祖父が、ボソッと口を開いた。

「こうなれば、アレしかない。要石があるのだから、対となる筆も存在するだろう」

直後、ざわっと男たちからざわめきが起こる。

大人たちは口々に、「アレとは、アレか。ただの言い伝えじゃあ」だとか……「いや、しかし要石があるくらいだからのぅ」といった、迷いと懐疑を含んだ言葉を漏らした。

そんな言葉の端々では意味を汲《く》み取れず、佳寿は首を傾《かし》げた。

「……アレ？」

ずいぶんと意味深だ。

でも、その『アレ』でどうにかなる可能性があるのなら、試すべきだろう。

「兄ちゃん、アレってなんなんだ？　大池がどうにかなるなら、その『アレ』をするべきじゃないの？」

コッソリと尋ねた佳寿を、腕組みをして唇を引き結び、思案の表情を浮かべていた兄が横目で見遣る。

「そういや、おまえは大池の起源を知らなかったか。要石は……別名、狐石《きつねいし》と言われているんだ」

「狐石ぃ？」

こんな場面で耳にするとは思わなかった『狐』という言葉に、思わず眉《まゆ》をひそめた。その単語を口にすることさえ、気分のいいものではない。

自分たちの一族にとって、『狐』は鬼門だ。

「ああ。忌々しいことにな」

兄も嫌な顔を隠すことなく大きくうなずいて、ポツポツと言葉を続ける。

「かつて、弘法《こうぼう》大師様がヤツらを追放したことは承知しているな？」

「……うん。もちろん」

弘法大師、空海《くうかい》様はこの土地から『狐』を追い出した。おかげで、自分たち『狸《たぬき》』は平穏な日々を送れているのだ。

「大池を築いたのは……我らの祖先ではなく、ヤツらだったということは知らなかっただろう?」

「ええっっ!」

予想もしていなかった言葉に、目を瞠《みは》って驚きの声を上げる。

これまで佳寿が知らなかった、自分たちにとってとてつもなく重要なことが語られようとしている。

そう察して居住まいを正した佳寿は、足が痺《しび》れるのも忘れて兄が語る言葉に真剣に耳を傾けた。

それは、はるか昔……自分たち『狸族』と天敵と聞かされてきた『狐族』に纏《まつ》わる、因縁の起源だった。

《一》

都会は、夜でも真っ暗になることはなくあちこちに光が灯《とも》っている。明るいだけでなく、祭りの時よりも賑《にぎ》やかだ。

これまで十八年間、佳寿が過ごした四国のさらに山奥の夜とは違いすぎて、別の次元に来てしまったみたいだった。

しかも、どこからこんなに人が湧《わ》いてくるのだろう……と不思議になるくらい、次から次へと途絶えることなく改札を出てくる。

よどんだ空気と意味を成さない喧騒《けんそう》、色とりどりにカラーリングされている頭が、ゆらゆらと揺れていて……。

「う……」

待ち合わせ相手を見逃さないよう改札付近をジッと見ていた佳寿だったが、なんとなく気分が悪くなってきて口元を手で覆った。視線を足元に落としても、グルグルと視界が回っているみたいだ。

柱に背中を預けて「うぇぇ、気持ち悪い」とつぶやいたところで、うつむいた視界にシューズの爪先《つまさき》が映った。

続いて、聞き慣れた声が頭上から落ちてくる。

「……佳寿！　悪い、待たせた」

ようやく待ち人がやってきたようだ。それは喜ばしいことだけれど、声をかけられても顔を上げることができない。

「太路《たろ》ちゃん……」

「うん？」

佳寿は、ポツリと名前を呼びかけながら右手を伸ばす。シャツの裾《すそ》をギュッと握り、窮状を訴えた。

「……人の頭に酔った。気分、悪い」

「はぁ？　だ、大丈夫かっ？　ええと、これでも飲め」

差し出された茶のペットボトルを摑《つか》み、遠慮なく喉《のど》に流し込む。買ってからさほど時間が経《た》っていなかったのか、冷たさを保っている茶はおいしかった。

「あー……ちょっと楽になった。ありがと」

ふぅ、と大きく息をついた佳寿は、ペットボトルを返しながらようやく顔を上げた。心配を滲ませた顔で目の前に立っているのは、三つ上の従兄《いとこ》だ。正月に帰省した時は金髪に近い色に脱色していて彼の父親に殴られていたが、今は落ち着いたダークブラウンに染め直している。

「長く待ったか？」

「んー……ちょっとだけ」

時計を確認すると、待ち合わせの時間から遅れること十五分。無事に合流できたから、ヨシとしよう。

そう思って笑いかけると、

「女は一分でも待たせたらブツブツ文句を言うけど、おまえはいい子だなぁ」

と、苦笑を滲ませる。

わしゃわしゃと佳寿の髪を撫《な》で回す手つきは子供の頃から変わらないもので、首をすくませる。

「予定より講義が長くなって、学校を出るのが遅くなったんだ」

太路は、故郷を離れて都会の大学に通っている。昔から頭がよく、神童と呼ばれていて親類中の期待を一身に背負っているのだ。

一人っ子の太路は、弟が欲しかったと言って佳寿のことを可愛《かわい》がってくれていて、実の兄より兄らしいかもしれない。

「平気。人混みに酔っただけだから」

「ホントに悪かった。お詫《わ》びに、なんでも好きなものを食わせてやるよ。とりあえず、俺のアパートに行くか」

佳寿が足元に置いてあった大きなバッグを持ち上げた太路は、「こっちだ」と佳寿の腕を摑んで歩き始める。

この人混みから少しでも早く逃れたいと思っていた佳寿は、未《いま》だに子供扱いされることに文句を言うことなく誘導に従った。

太路が一人暮らしをしているというアパートは、駅から徒歩十五分くらいのところにあった。

玄関を開けるとすぐに狭いキッチンがあり、奥に一部屋。狭い空間を有効するためか、ベッドの下が机になっている。トイレと風呂が隣り合った……ユニットバスを目にしたのは初めてだ。

全部合わせても佳寿の家の玄関とほぼ同じ広さだけれど、都会ではビックリするような家賃だろうと想像はつく。

狭い浴室であちこちに身体をぶつけながらシャワーを浴びた佳寿は、パジャマに着替えて床に敷かれた布団の上に座り込む。

「オヤジから話を聞いたけど、大池はそんなに深刻なのか」

「……うん」

真顔で話しかけてきた太路に、ギュッと枕《まくら》を抱きしめて答えた。思い浮かべるのは、郷《さと》を離れる前に眺めた大池の様子だ。

底のほうに辛《かろ》うじて残っている水は、濁っていて……中心部にある黒い要石が、三十センチほど覗《のぞ》いていた。

「このままだと、一ヶ月経たずに完全に干上がるだろう、って」

「そんなに……」

今は故郷を離れているとはいえ、太路も農業を生業《なりわい》としている地元にとって大池がいかに重要なものか承知している。

沈んだ表情でつぶやき、大きなため息をついた。

「俺は分家だから詳しく知らないけど、要石の伝説ってヤツは根拠のない言い伝えじゃなかったのか？」

「ん……おれも、実は半信半疑なんだ。でも、藁《わら》にも縋《すが》りたいって状況だからさ。できることは、全部やらないと」

瞳《ひとみ》に決意を滲ませて言葉を切った佳寿は、ググッと右手を握りしめた。

不安がないと言えば、嘘《うそ》になる。でも、今の佳寿を突き動かしているのは故郷の危機を救わなければという強い使命感だ。

「偉いなぁ、佳寿。ちょっと前まで、あんなに小さくてかわいかったのに。……今も小さいけど」

「小さいは余計だっ！」

ポンポンと頭の上に手を置かれて、ムッと眉をひそめた。

どうせ、兄や太路と比べればチビだしガキっぽい。

「おれ、もう十八だよ。子供じゃない。それに、一応直系の男だし！　これくらいは役に立たないと」

兄は、寺内家の跡取りで青年会のリーダーだ。特に危機的状況の今は、地元を離れるのには不都合だ。

それに、要石とそれに纏わる所以《ゆえん》は、いくら一族の人間であってもおいそれと漏らすことができない。

他に適任者がいないからという消去法なのが少し情けないけれど、佳寿が重要任務を担うこととなったのだ。

「オヤジに言われて、『神代《かみしろ》』の屋敷について調べておいたけど……まさか、ゴメンクダサイって訪ねる気か？」

コレが、地図だ……と。

地図と最寄《もよ》り駅等の情報が印刷された紙を差し出されて、受け取る。路線や駅名など、佳寿にはさっぱりわからないのだが。

「うーん……正面から訪ねても、たぶん相手にしてくれない。でも、悠長に作戦を練る時間はないし、明日にでも探りを入れてみる」

残された時間はわずかだ。一分一秒でも早く『アレ』を手に入れて、郷へ戻らなければならない。

「そうか。……気をつけろよ。おまえは昔から、化けるのが下手なんだから」

「……ちょっとは上達したよっ」

「本当かぁ？　なんにしろ、相手は『狐』なんだ。油断せず、充分に注意しろよ。あいつらは性悪で冷酷だからな。俺たちが『狸』だってわかったら、なにされるかわかったもんじゃない」

真顔になった太路に重々しく忠告されて、コクンと喉を鳴らす。

実際に接したことのない『狐』については、改めて太路に言われるまでもなく、子供の頃から散々聞かされている。

残酷で、冷酷で……狡猾《こうかつ》。

自分たち一族には、天敵にも等しい。佳寿にとっても、なによりも怖い存在だ。

「本家の直系としての使命感に燃えるおまえは立派だけど、なにかあったら、俺が助けてやるからな。無理はせず、頑張れよ」

「うん。ありがと、太路ちゃん」

そう言って肩を叩《たた》いてきた太路は、昔と変わらず頼れる兄貴分だ。

佳寿は、大きくうなずいて枕を抱きしめる腕に力を込めた。

□□□

「……雨だ」

ポツンと雨滴が頬《ほお》に当たり、頭上を仰ぎ見る。

雲に隠れてしまったけれど、暦的に満月であることには変わりがない。少しばかりパワーが劣っても、新月に比べればずっと条件がいい。

よし、決行だ。

決意も新たに、胸の前でグッと両手を組み合わせる。強く目を閉じて神経を集中させた佳寿は、己が目指す姿を脳裏に描き……スッと深く息を吸い込んだ。

本来の自分からかけ離れたものは、ダメだ。太路には『上達した』と豪語して胸を張ったが、実際はあまり進歩がない。

ついさっき、ペットショップでしっかりと特徴を頭に叩き込んできたのだから……アイツなら、完璧《かんぺき》に模倣して擬態することができる。

「ふ……っ、ぅ」

詰めていた息を吐きながら固く閉じていた瞼《まぶた》を開くと、視線の位置がこれまでよりはるかに低くなっていた。

地面からの距離は、三十センチに満たない。見下ろした自分の手足は、たっぷりとした体毛に覆われている。

鏡で今の姿を確認できたら一番いいのだが……まぁ、まず問題なく化けることができているだろう。

『ん、っと……アッチだな』

目指すべき目的地は、頭に叩き込んである。

周りを見回して人けがないのを確認すると、ポツポツと雨滴が水玉模様を描くアスファルトの上をぽてぽてと歩いた。

土の地面とは違い、硬い。しかも、昼間に太陽の熱をたっぷりと吸収しているせいで、日が落ちても熱い。

長時間歩くと、肉球を火傷《やけど》しそうだ。じわじわと熱が伝わり、熱いを通り越して痛いと感じ始める。

自然と早足になった佳寿の足音が、静かな路上に響いた。

『でっかい屋敷だなぁ。ウチより、大きいかも』

行けども行けども、ブロック塀とキレイに刈り揃《そろ》えられた低木の生垣が続く。

山に囲まれた寺内の本家とは違い、都心でこれだけ大きな屋敷を構えているのだ。認めるのは癪《しやく》だが、格の違いを実感する。

地道に農業で生計を立てる自分たちとは違い、不動産関係に鉄鋼業に輸送関係……と、『神代』の名前を冠している事業名は、多岐に亘《わた》る。全国放送のテレビＣＭでも、日に何度も目にするのだ。

やはり、相当あくどいことをして資産を築いているに違いない。

『庭に入るのは……無理かな』

敷地を取り囲む生垣は、一メートルほどの高さがあるブロックの上に植え込まれている。今の佳寿では、この高さのブロックに飛びついてよじ登るのは難しそうだ。

短い四肢を見下ろして、はぁ……とため息をこぼす。

『もっと大きなヤツなら、飛び越えられただろうけど』

そうはわかっていても、姿だけでなくサイズまで変化させるのは高等な化け術なのだ。不器用な佳寿では、コレで精いっぱいなのだから仕方がない。

てってってっ……と、リズムよく足音を響かせて小走りでブロック塀に沿って歩き続けていた佳寿だったが、門扉が見えてきたことで歩をゆるめた。

『どうやって、潜入するか……だな』

広大な敷地面積に見合った、巨大な門が聳《そび》え立っている。格子状になっていて、隙間《すきま》には手を突っ込むのがやっとだ。

そうしてゴソゴソしていた佳寿の耳に、車のエンジン音が近づいてきた。

身を縮めてやり過ごそうとしたけれど、黒いセダンは佳寿のすぐ脇《わき》で停車する。運転席のドアが開いたかと思えば、ヒョイと身体を持ち上げられた。

『っっ！　は、離せっっ』

ジタバタと脚をバタつかせたけれど、無様に空を掻《か》くのみだった。

まさかいきなり抱き上げられるとは思わず、逃げなかった己の迂闊《うかつ》さを嘆いても後の祭りだ。

なんとか逃れようと、必死で暴れる佳寿の脇の下に手を入れて持ち上げているのは、どうやら男のようだ。

門燈の光は強いものではないが、これがネクタイを締めたスーツ姿の若い男ということだけはわかる。

「暴れるなよ。落とすぞ」

物騒な言葉に、思わず身体から力を抜く。男は、動きが鈍くなった佳寿の身体をさらに高々と掲げると、低い声でつぶやいた。

「なんだ？　ポメ……ラニアン？」

『おいこら男、語尾に疑問符をつけるなっ。失礼な。どこからどう見ても、かわいいポメラニアンだろうっ？』

思わず口にした佳寿の反論は、人間の耳にはキャンキャンという高い声での吠《ほ》え声にしか聞こえないはずだ。

それなのに、男は……プッと噴き出した。

「ぶっさいくなポメラニアンだな。あ、オスだ。……貧相なシンボル」

頭の天辺《てっぺん》から、尻尾《しっぽ》の先まで。マジマジと佳寿の全身を眺めた男は、腹のところに視線を当ててボソッとつけ加える。

その途端、カーッと首から上に血が集まった。

『無礼なっっ。なんて、失礼な男だ！』

自分では会心の出来だと自負している変化に疑問符をつけられたことも、無遠慮に下腹部を見られた上に『貧相』と評価されたことも。

すべてが佳寿のプライドを傷つける。

『ちくしょうっ。こんな屈辱は初めてだ』

男は、牙《きば》を剝《む》き出しにして、ガルル……と唸《うな》った『犬』に微塵《みじん》も怯《ひる》む様子はない。淡い光の下、ジッと佳寿の顔を見ている。

佳寿の身体が門燈を背にしていることで、男の顔に影が落ちている。薄暗くて、ハッキリと目にすることができない。

だが、男からは佳寿の様子が見て取れるらしい。

「涙目だ。キャンキャン吠えているし……腹が減ってるのか？　うちにはドーベルマン用のドッグフードしかないけど、食うかなぁ」

そうつぶやいた直後、小脇に抱え直された。

このままでは、見ず知らずの男に拉致《らち》されてしまう。そんな危機感が全身を包み、手足の動きを再開させた。

『下ろしやがれっ。おれをどこに連れていく気だ！』

男は、なんとかして逃れようとバタつく佳寿をものともせずに抱えたまま、車の運転席に戻る。

バタンとドアが閉められて、男の膝《ひざ》から助手席のシートへ飛び移った。

『ヤバい、なんとか逃げ……っ？』

外の様子を窺《うかが》うため、助手席の窓に前脚をかけた佳寿の目の前で、巨大な門扉がゆっくりと開く。

あ……あれ？　もしかして、この屋敷の関係者なのか？

佳寿を乗せた車は、当然のように屋敷の庭へと進んだ。車の後方で、扉が閉まる音がする。

どうすれば潜り込めるか途方に暮れていたのだが、労せずして目的地である屋敷の敷地内へ入れることになったらしい。

佳寿は、己の幸運に心の中で『ラッキー』とつぶやく。このまま乗っていようとほくそ笑んで、助手席のシートに座り込んだ。

「あぁ？　大人しくなったな。ドッグフードって言葉がわかったのか。やっぱり、飼い犬の迷子だろうな」

佳寿が暴れることをやめた理由をそう決めつけた男は、ゆっくりと車を走らせて立派な造りのガレージへと車体を滑り込ませた。

車のエンジンを切ると、再び右手で佳寿を抱えて車を降り、屋敷内へ続いているらしいドアを開く。

「お帰りなさいませ」

ガレージのシャッター音が聞こえていたのか、エプロンを身につけた中年の女性が、小走りで駆け寄ってくる。

年齢的に考えて、奥さんではなく母親くらいだろうと思うが、それにしては他人行儀な雰囲気だ。

これだけ大きな屋敷なのだから、家政婦さんというやつかもしれない。

「あら……そちらの犬？　は、どうなさったのですか？」

男が抱えている佳寿を目に留めると、不思議そうに小首を傾げた。

どうでもいいが、またしても『犬？』と疑問符をつけられてしまった。この男といい、失礼な人間ばかりだ。

佳寿の脇の下に両手を入れて女性の前に掲げた男は、淡々とした口調で経緯を説明する。

「門のところにいたんだ。迷子だろうな。飼い犬だと思うが、雨が降ってきたからとりあえず連れてきた。ドッグフードを用意してくれ」

「ドーベルマン用のドライフードだと、大粒でこの子には食べづらいんじゃないですかねぇ。小型犬ですし」

「……そうか」

「ああ、そういえば試供品でいただいた半生タイプのフードがあります。そちらを用意しましょうか」

「ああ、じゃあ頼む」

頭上で交わされる会話に、佳寿はピクピクと尖《とが》った耳を震わせる。

せっかく用意してくれるそうなのに悪いが、ドッグフードなど食べない。いくら犬に化けていても、佳寿の食い意地が張っていても……。

「依吹《いぶき》さん、お夕飯は不要とのことでしたが軽食を召し上がりますか?」

「あー……じゃあ、ついでに頼もうかな。商談ついでの食事は、どうも味気がなくて腹に溜《た》まらない。コイツの飯と一緒に、部屋に持ってきてくれ」

「はい、では少々お待ちください」

うなずいた女性は、踵を返して早足で廊下を歩いていった。

今、この男のことを『依吹』と呼んだか?

だらんと脚をぶらつかせていた佳寿は、背後から男の手に持ち上げられたまま恐る恐る振り返る。

ということは、この男が『神代依吹』なのか。

佳寿が事前に仕入れた情報では、『神代』の直系男子、跡取りで……年齢は三十歳になったばかり。

廊下を照らす明るい電灯の下、初めてきちんと目に映した男は……冗談のような男前だった。

色素の薄い、山吹色の髪。メガネのレンズ越しに見える瞳の色も、真っ黒ではない。アーモンド形の目は『どんぐり眼《まなこ》』と言われる佳寿とは対照的な涼しげな印象で、うらやましいとか妬《ねた》ましいという感情さえ湧いてこない。

それらを通り越して、感嘆の息をつくのみだ。少なくとも、郷のあたりではお目にかかったことのない美形だった。

テレビに出ている、芸能人と呼ばれている人たちでも、これほど整った顔をしていないと思う。

ポカンと目を見開いて唖然《あぜん》としている佳寿と視線が合った依吹は、ほんの少し唇の端を吊《つ》り上げて微笑を滲ませる。

「部屋に入れる前に、シャンプーだな。おまえ、薄汚れている……と思ったが、もしかしてそういう毛色なのか」

『か、重ね重ね失礼な男だ』

間近に迫ったキレイな顔に見惚れていた佳寿は、カチンとして鼻にシワを寄せた。

目を奪われていたこと自体も不覚だが、この男にそんなふうに言われたら反論できないあたりが一番悔しい。

「濡《ぬ》れタオルで足の裏を拭くだけでいいか。おい、ポメ。俺の部屋に入れてやるが、粗相をするなよ？」

勝手なことを言いながら佳寿を胸元に抱えると、大股《おおまた》で廊下を歩き出す。

佳寿の自宅である寺内家と似た雰囲気の、純和風の屋敷だ。きっと、敷地面積も歴史的にも似たようなものだろう。

ただ一つ、立地が全然違う。

寺内の屋敷は四国の田舎にあるが、ここは都心の一等地だ。地価には数倍以上の開きがあるはずで……下手したら桁が一つ違う。

自室らしき部屋の襖を開けた依吹は、抱えていた佳寿を畳に敷かれた円形のラグマットの上に下ろしてスーツの上着から袖《そで》を抜いた。キョロキョロしている佳寿をよそに、マイペースでスーツからラフな服装へと着替える。

ラフとはいっても、トランクス一枚とかではなく薄手のパンツに襟のついた半袖シャツを着用するあたり、いかにも育ちがよさそうで……なんだか腹が立つ。この立派なお屋敷も、世界に轟《とどろ》く『神代』というグローバル企業も、自分たちを踏み台にして築いたものに違いない。

少なくとも佳寿は、そう聞かされて育った。

「飼われているなら、ご主人が捜しているだろ。ただ、このあたりでは見かけたことがないなぁ。遠くから来たのか？」

ひょいと佳寿を抱き上げると、そう尋ねてくる。犬に話しかけても、答えなどないとわかっているはずだが。

「んー……首輪もないか。しかし、見れば見るほど……くくっ、不細工だな。本当にポメラニアンかぁ？」

あからさまにバカにされて、ふんっ、と顔を背けた。

お手本としたペットショップにいたポメラニアンは、母親がチャンピオン犬だとかで愛くるしい姿だった。

あの姿を寸分違《たが》わず模倣したつもりだが、不細工だと笑われるあたり……コピーミスをしてしまっているのだろう。

……どうせ、自分は不器用だ。郷の幼馴染《おさななじ》みたちにも、直系のくせに化け下手だと笑われていた。

分家の叔父たちには、佳寿が跡取りじゃなくてよかったと陰でコソコソ話されているのも知っている。

だからこそ、ここで名誉挽回《ばんかい》をしなければ！

少しばかり情けない方法かもしれないけれど、まんまと『神代』の屋敷に潜入できたのだから、この機会を生かさない理由はない。

無遠慮に頭や身体を撫で回してくる依吹の手を嫌がって見せながら、自分に課せられた役目を思い起こして奥歯を嚙《か》んだ。

しまった。眠っていた！

バチッと目を開いた佳寿は、自分を腕に抱き込んでいる依吹が規則的な寝息を立てていることに、ホッとする。

依吹が眠りに落ちるのを待って、屋敷内を探ろうと思っていたのだが……うっかりつられて眠っていたらしい。

依吹は、佳寿を犬だと思っているから抱いて眠ったのだろうと思うが、中身が十八歳の男だと知ったら目を剝《む》くだろう。

つられて眠ってしまったのは、ふかふかの布団の寝心地がよかったからだ。

……と言い訳をしても、敵の腕の中でのん気に眠ってしまった緊張感のなさに、我ながら呆れる。

これだから、兄には能天気とバカにされるのだろう。

夜明けまでには、まだしばらく時間があるはずだ。今のうちに、屋敷内を探索させてもらおう。

気配を押し殺して畳の上を歩いた佳寿は、カリカリと襖を引っ掻いて自分一人が通り抜けられそうな隙間を空ける。音を立てないよう廊下に出ると、左右どちらに向かうべきか視線を廻《めぐ》らせた。

アレは、どこに置かれているのだろう。

金庫室というものがあるならそこだろうとは思うが、見当もつかないので、一つずつ部屋を覗くしかない。

忌々しいことに、無駄に広い屋敷だ。

当て所なく廊下を歩いていた佳寿だったが、角を曲がった途端視界に映った二本の足に驚いて、ビクッと動きを止めた。

『え……まさか、こんな時間にっっ？』

庭からは、チュンチュンと雀《すずめ》の鳴き声が聞こえてくるけれど……まだ空が白み始めたばかりの早朝だ。

誰もが眠っているはずだと決めつけていたせいで、油断していた。

ただ一つ幸いだったのは、犬に化けたままだということだろうか。

「あらあら、ワンちゃん……お腹が空いたのかしら。依吹さんは、まだお休みになってますよね？」

この声は……家政婦らしき、昨夜《ゆうべ》の女性か。佳寿の前に屈《かが》み込んだ女性は、両手を伸ばしてくる。

呆《ほう》けている場合ではないと我に返った佳寿は、抱き上げられる前に身を翻して背中を向けた。

「あっ、どこに……」

呼び止める声を無視して、廊下を走る。

今日はもうダメだ。出直そう。

せっかくの機会だったのに、ロクに探索できなかった。

佳寿は、心の中で『ちくしょー、おれのバカ!』と、うっかり寝入ってしまった自分を罵《ののし》りながら長い廊下を駆け抜けた。

《二》

窓の外がオレンジに染まる。ようやく夕暮れだ。

いざ出陣！　と気合を入れてアパートの扉を開けたところで、大学から帰宅した太路と鉢合わせした。

「ただいま、佳寿。……今夜も出かけるのか？」

シューズに足を突っ込んでいる佳寿に、太路は笑みを消して尋ねてくる。精悍《せいかん》な顔には、クッキリと『心配だ』と書かれていた。

「うん。昨夜、失敗したから……今夜こそ、きちんと探索してくる」

「焦るのはわかるが、無理はするなよ」

「……ん、大丈夫」

クシャクシャと髪を撫で回されて、うつむいて答える。心配してくれる太路に嘘をついたと思えば、シクシクと胸が痛んだ。

太路には朝帰りの理由を、『屋敷の敷地には潜入できたけど、物陰に潜んでいるうちに眠り込んでしまった』と説明したのだ。

　まさか、『神代依吹』と一緒に布団で眠り込んだ……などと本当のことは、情けなくて言えなかった。

「晩飯を食っていかなくていいのか？」

「あ、うん。太路ちゃんが用意してくれていた昼飯の残り、さっき食べたばかりだし。ありがと」

　太路は、佳寿のために朝食と昼食を用意しておいて大学に登校したのだ。朝食は自分のものを準備するついでだし、昼食は冷凍食品だと言うけれど、余計な手を煩わせていることには変わりない。

　郷のためにも、太路のためにも……一刻も早くアレを手に入れなければならない。

「なぁ、佳寿。俺も一緒に行こうか？」

　なにやら考えていた太路が、自分を指差しながらそう尋ねてきた。佳寿は、勢いよく首を左右に振る。

「平気だって！　おれの役目だもん。太路ちゃんを巻き込むなって、兄ちゃんにも散々言われてるし。太路ちゃんは、郷の希望の星なんだから……おれのことなんか気にせず、しっかり学校に通って勉強してよ！」

　太路から見れば頼りないことはわかっているが、これは直系の佳寿がやり遂げなければならない使命だ。

「……おまえがそう言うなら、見送るしかできないな」

うつむいていた顔を上げて胸を張った佳寿に、太路は仕方なさそうに肩を上下させた。面倒見のいい太路からすれば、もどかしいばかりなのだろう。

「本当に心配しないで！　行ってきます」

空元気だと悟られないよう、不安を押し隠して笑って見せた。太路の脇を抜け、振り向いて手を振ると、急ぎ足でアパートの階段を下りる。

神代の屋敷までの道順は、しっかり覚えた。あとは、今朝《けさ》出てきたところを逆に辿《たど》ればいい。

敷地を囲むブロック塀が低くなっている場所を、偶然とはいえうまく見つけたのだ。あそこなら、脚の短い『ポメラニアン』でもよじ登ることができるだろう。

電車を乗り継いで、神代の屋敷がある街角に立つ頃には、すっかり日が落ちていた。佳寿にとっては、好都合だ。

「……よしっ」

周囲に人がいないのを確認して、電信柱の陰で『ポメラニアン』へと変化する。

ブルブルと身体を震わせた佳寿は、ブロック塀に前脚をかけて植込みの根元部分へとよじ登った。

『イテテ……ハゲる～』

木の枝が体毛に絡まり、ブチブチと抜けてしまう。

無理やり身体をよじって植込み部分から庭の芝生へと転がり落ちたところで、不穏な空気を感じた。

なんだ……？

今夜は晴天だから、月明かりがしっかり届いているはずなのに……不自然な影が目の前にある。

そろっと顔を上げた佳寿の前には、巨大な黒い塊が立ちはだかっていた。

ソレと目が合った瞬間、思わず佳寿の口から飛び出した悲鳴は、『キャイン！』という情けない犬の鳴き声だった。

『う……うぎゃー！』

その一声が合図になったかのように、ハッハッと舌を覗かせて佳寿を見下ろしていた獣が頭を振る。

「ガウゥゥゥ」

目前に立ち塞《ふさ》がる獰猛《どうもう》な黒い獣……巨体のドーベルマンが、鋭い牙を剝き出しにして佳寿に迫ってくる！

この牙を突き立てられたら、ひとたまりもない。一撃で、怪我《けが》で済めばまだいい、という大ダメージを負う。

逃げなければ……と頭の中では警鐘が鳴り響いているけれど、恐怖のあまり全身の筋肉が硬直しているらしく、動けなかった。

化けを解術して人間に戻ればいい、と。少し冷静になれば切り抜ける術《すべ》を思いつくはずなのに、そんな余裕さえない。

『ッッ!』

迫ってくる牙に食いつかれることを覚悟して、固く目を閉じて身を縮ませる。

怖い、こわい、コワイ!

ブルブル震えるしかできない佳寿は、そうして身を固くしていても恐れていた痛みがやってこないことを不思議に思って、閉じていた瞼を開いた。

黒い影の脇に、人間の足……が?

「おい、大丈夫か?」

そう話しかけてきた低い声の主は、片手一つで、巨大なドーベルマンに『待て』の指示を出している。

真ん丸な月を背に立っているのは、あの男だ。スーツ姿の、『神代依吹』。

『た……助かっ、た』

極度の緊張から解き放たれた佳寿は、へなへなと全身から力が抜けるのを感じる。涙目で芝生の上に座り込んだ。

「朝、初江《はつえ》さんが廊下で見かけたと言っていたが……今までどこにいたんだ？　庭に隠れていたのか？　よく無事だったな」

両手で佳寿を抱き上げた依吹は、数十センチという至近距離に顔を寄せてそう話しかけてくる。

無事、という言葉に恐る恐る見下ろした先で、ピシッと『お座り』をしているドーベルマンはなんとも凜々《りり》しい。

そういえば、「ドーベルマン用のドッグフードが云々《うんぬん》」と言っていた。朝は、幸運にもまたま見つからずに抜け出すことができたのだろう。

ホッとした途端、腹から「ぐぅぅ」という間抜けな音が響いた。小さな音だったけれど、依吹に聞き咎《とが》められてしまう。

「おまえ、ドッグフードを食わなかったからなぁ。腹が減っているんじゃないか？」

答えなどないとわかっているはずなのに、依吹はそう話しかけてくる。当然、佳寿は無言だ。

「初江さんに言って、適当にいくつか用意してもらうか」

そう首を傾げると、佳寿を抱き上げたまま屋敷へと足を向けた。

ずっと聞かされていた『狐』のイメージと、実際の『神代依吹』はあまりにも違っていて、佳寿の戸惑いは深まるばかりだった。

「食ったか。よしよし。……しっかし、贅沢《ぜいたく》だな。飼われてる家で、いいものを食わせてもらっていたんだろうなぁ」

ぽふぽふと頭に上に手を置かれて、さりげなく身体を逃がす。佳寿の前に置かれている平皿は、空っぽだ。

高級ドッグフードも含めていくつか並べられたのだが、佳寿が口をつけたのはたった一つだった。

……蒸したササミ肉と、温野菜は美味《うま》かった。塩気がないのは物足りなかったけれど、依吹たちは佳寿を犬だと思っているので仕方がない。

「なんだ？　コイツを寄越せって？　犬には味が濃いだろ」

畳に座り込んでいる依吹の前には、彼の夜食が載った脚つきの木製トレイがある。艶々《つやつや》とした揚げが見るからにおいしそうな稲荷寿司《いなりずし》が二つに、沢庵《たくあん》やらしば漬けの並ぶ小皿。乾燥肉とスルメ、酒が入っているであろう素焼きのカップ。

おまえには食わせないからな、と佳寿を制しておいて稲荷寿司を手掴みで口に運んだ依吹は、障子を開けて夜空を見上げた。

紺色の空に、ぽっかりと見事な満月が浮かんでいる。

「今夜は満月か。血が騒ぐな」

依吹がこぼしたそんな独り言に、ピクピクと耳を震わせた。

満月の夜に血が騒ぐのは、やはり依吹が『狐』だから……だろうか。狐族も、自分たち狸族と同じように変化ができるはずだ。

でも、この男から『狐』を感じたことはこれまで一度もない。間違いだとは思えない、思いたくないが、本当に『神代』は狐族なのか？

ジッと依吹を見ていた佳寿だったが、月明かりに照らされてできた依吹の影に、異質なものが映っていることに気づいた。

『……あ！』

こちらに背を向けて座っている実際の依吹には、そんなものはない。でも、確かに……三つの尾のシルエットが、畳の上で揺らめいている。

確たる証拠を摑んでいなかったせいで、『神代』が狐族だということに疑念が湧きかけていた佳寿だったけれど、それで確信が持てた。

やはり……『狐』だ。

佳寿は、『神代』が狐族なら間違いなくこの屋敷のどこかに目指す『アレ』があるのだと、表情を引き締めた。

郷の危機を救うであろう、『アレ』。

大池の中心部にある黒い要石、別名『狐石』と対になるものだと言い伝えられている、『狐の尾筆《おふで》』が。

□□□

直系の人間にしか詳しいことは話せない、と。物々しい前置きをした兄は、佳寿を伴って大広間から自室へと移動した。

久しぶりに足を踏み入れた兄の部屋で、膝を突き合わせる。

「大池の要石には、対になるものが存在する……らしい。それが、みんなの言っていた『アレ』。腹立たしいからあまり言いたくないが、『狐の尾筆』だ」

兄の眉間《みけん》にクッキリと刻まれたシワは、『狐』という単語を口に出すこと自体が不本意なのだと語っている。

初めて耳にする言葉に、佳寿は小首を傾げて聞き返した。

「狐の……御筆？」

「そんなモノに敬称をつけるなっ！　御筆じゃない、尾筆だ！」

怪訝《けげん》な声で聞き返した佳寿の頭を、兄がベシッと叩いた。

腹立たしげに微妙なアクセントの違いを正されて、頭を抱えて抗議する。

「どっちでもいいだろ。ポンポン殴るなよっ、乱暴者！」

「よくない。……無駄口を叩かず、俺の話を聞け」

そっちが話を脱線させたくせに……と心の中で文句をこぼして、頭を抱えていた両手を下ろす。

恨みがましい目で睨《にら》む佳寿に、ふぅとため息をついた兄は、再び語り始めた。

それは、はるか昔……四国の地に、今は存在しない『狐族』と寺内家を頭領とした我ら『狸族』が共存していた時代まで遡《さかのぼ》る。

狐族の特徴は、見目麗しく狡猾で知恵が回る。巧みな化け術を駆使しては人間を欺いて、自らの利益を得る。

自ら汗を流して働かずとも、人里に下りて村人を騙《だま》したり通りかかった旅人を脅したりすることで糧を入手するのだ。

狸族の特徴は、祭り好きで単純。化け術は巧みではないが、その愛嬌《あいきょう》で以《もっ》て人間たちに受け入れられている。

人里の祭りに呼ばれて踊っては、酒を振る舞われたり饅頭《まんじゅう》や餅《もち》をもらったりと、人間の温情で食い繋《つな》いでいる。

同じように化ける術を持ちながら似て非なる一族は、時に対立しながらも、一定の距離を保ってそれなりにうまく生活していた。

ある年の夏、狐族と狸族の暮らす土地が大渇水に見舞われた。川の水は糸ほどの流れとなり、地下水を汲み上げるための井戸や溜池までも干上がる。

最後の砦《とりで》であった、大池までもが底を尽きかけた。

大池は、狐族と狸族のテリトリーの境に存在する溜池で、どちらにとっても重要な水源となっていた。

そこで、狐族の頭領である三本の尾を有する妖狐が力を振るった。

どこからともなく霊力を蓄えた石を調達してきて、溜池の中央に設《しつら》える。その石に、妖狐の尾の毛で作った筆を用いて、『水』という字を記すと……見る見るうちに澄んだ水が湧き、溜池を満たしたという。

ところが、狐族は狸族に一滴の水も分け与えなかった。狸族がどれほど懇願しても、聞き入れることなく拒み続けた。

連日、狐族のもとへと出向いて水を乞う狸族の衆は、落胆しては郷に戻る。

そこへ、後に弘法大師空海と呼ばれる修行僧が偶然通りかかり……狸族を哀れに思ったのか、狐族との間に入ると一つの提案をした。

ただで、貴重な水を分けてやれとは言わない。自分がお題を出すので、腕利きの者数人が化け合戦をして、狸族が勝てばわずかでも水を分けてやれないだろうか……と。

「化け術で負けることを、恐れているわけではあるまい」

そう言って巧みに狐の自尊心をくすぐり、渋々ながら狐族の承知を引き出した。

狐族と狸族は、それぞれ三名ずつ化け術に長《た》けた者を選んで、弘法大師空海の立会いのもと合戦に挑むこととなった。

一人目は狐族が勝ち、二人目は辛くも狸族が勝利した。勝負の行方は、最後の一人ずつに委《ゆだ》ねられた。

最終勝負で提示されたお題は、茶釜《ちゃがま》。狸族に有利なもので……弘法大師空海が、狸族のために出題した、今でいう『八百長《やおちょう》』だった。

狐族はそれを見抜き、巧みに茶釜へと変化した狸族の若者を、気づかぬふりをして焚《た》き火にかけた。

無慈悲な行いに心を痛め、度重なる狐族の行動に憤りを感じた弘法大師空海は、狐族を四国の地から追放することを決めた。

もともと弘法大師空海は、人間たちに狐族の蛮行をどうにかしてもらえないかと訴えられ、審判を下すために偶然を装って狐族と狸族の郷を訪れていたのだ。

狐族に言いつけたのは、『いずれ、四国と本州との間に鉄の橋が架かるだろう。それまでは四国の地に戻ることを許さぬ』というものだった。

当時は夢物語でしかなかった『鉄の橋の架橋』は、狸族にとっての平穏を意味した。ところが、二十世紀も終わりに近づいた頃、予言にも似た『鉄の橋』が完成してしまった。

狐族は、郷を追われることとなった狸族を逆恨みしているはずだ。いつ、この地へとやって来て、過去の復讐を果たすかわからない。

話し終えた兄が口を噤《つぐ》むと、佳寿はコクンと喉を鳴らした。

そうだ。だから、ヤツらには用心しろ……と言い聞かせられて育った。

「『狐の尾筆』だ。アレがあれば、ヤツらが施した術……アレで『要石』に『水』と記せば、かつてと同じく清水が湧くはずだ」

兄は険しい表情を崩すことなく、『狐の尾筆』というものが必要な理由を語る。

自分たちが当然のように使ってきた大池に水を湛《たた》えるための最後の手段が、狐族にかかっている。

これまで考えもしなかった事態に、言葉を失った。

けれどこれで、直系の人間にしか詳しくは語れないというワケがわかった。一族の皆に、無用の動揺を与えることになる。

「性格の悪いヤツらは、俺たちが正面から貸してくれと頼んでも聞き入れてくれないだろうから」

「盗むのか？」

「バカ野郎、物騒な言い方をするなっ。盗むんじゃない。借りるだけだ」

つぶやいた直後、またしても容赦なく頭を殴られる。

……盗む、いや無断で『拝借』するのか。

「でも、その……肝心の『尾筆』って、どこにある？」

「狐族の頭領、『神代』の屋敷に厳重に保管されているだろう。ただ、俺は郷を離れられない。親父と共に、非常事態に備えなければならないし……雨降りの神事と願かけを執り行うのは、跡取りである俺の役目だ」

「…………」

つまり、残る直系……本家の人間であり、身軽に動くことができるのは佳寿だけか。

正面に座する兄の視線を感じても、ジッと畳に視線を落とすのみで顔を上げられない。

肩にのしかかる使命は、重大だ。

『狐の尾筆』。

ソレの現物がどんなものか、具体的には誰も知らない。

それでも、異常渇水をどうにかするためには、『神代』の屋敷から見つけて郷へ持ち帰らなければならない。

佳寿は、グッと膝の上で両手を握って顔を上げた。

「わかった。おれが、その『狐の尾筆』を手に入れてくる」

兄と目を合わせると、決意を込めてキッパリ言い切る。

一族すべてのために、成し遂げなければならない。

もし、冷酷で残忍だという『狐』に、自分が『狸』だと知られてしまったら……どんな目に遭わされるか、わからない。

そんな恐れは、強く握り込んだ拳で押し潰《つぶ》した。

□□□

「チッ、もうないか」

低く舌打ちをした依吹は、右手に持っていた素焼きの器を木製のトレイに戻す。

ジッと見つめる佳寿の視線を感じたのか、ほんの少し唇の端を吊り上げて、開け放していた障子を閉めた。

「ポメ、俺の影が見えたか？　ただの人間には見えないはずだが……やはり動物だな」

ヒョイと片手で身体を持ち上げられて、顔を寄せてくる。依吹は微笑を浮かべていたけれど、目には脅すような光が宿っている……と感じるのは、佳寿が『狐』を恐れているせいだろうか。

つい、「見てない、知らないっ」と首を横に振ってしまいそうになったところで、依吹が持ち上げていた佳寿を畳に下ろした。

「なーんて、犬にわかるわけがないか。ま、人間どもには秘密な？」

ククククッと肩を揺らした依吹は、イタズラっぽい笑みを向けてくる。

隙のない端整な容姿は整いすぎていて冷たい印象ばかり感じていたけれど、そうして笑うと際立った美貌《びぼう》のみが強調される。

狐は容姿端麗だと伝聞により知識のみはあったが、事実なのだと実感した。

それはやはり、耳にタコができるほど聞かされていた、冷酷で残忍……という怖いイメージとは違う姿で、困惑に目をしばたたかせる。

依吹は、犬である佳寿のリアクションは期待していないのか、一つあくびをこぼして布団の端を捲《まく》り上げた。

「夜も更けた。そろそろ寝るか。ほら、来い」

当然のように手招きをされて、畳に座り込んでいる佳寿は尻込みする。

どうして依吹は、『犬』を寝床に入れるのだろう。まさかとは思うが、夜半に狐に変化して、食うつもりでは……。

「飯を食わせてやったんだから、抱き枕代わりになるくらいの恩は返せよ。犬は、一宿一飯の恩を忘れないんだろ？」

『……っっ、イテテ、前脚を引っ張るなよっ』

業を煮やしたのか、手を伸ばしてきた依吹に前脚を摑まれてずるずると引き寄せられる。もごもごと文句を唸った佳寿を無視して、両腕の中に抱き込んだ。

抱き枕という言葉通りに、大きな手で体毛を撫で回してくる。まるで、手触りを愉《たの》しんでいるみたいだ。

佳寿がそう考えたと同時に、依吹の声が頭上から降ってきた。

「おまえ、ポメラニアンにしては不細工だけど毛の触り心地はいいな。もう少しデカけりゃ完璧だが」

勝手なことを口にしながら、わしゃわしゃと撫で回してくる。

『文句があるなら触るなっ』

不満をこぼして身動ぎすると、佳寿を抱く両腕に力を込めてきた。

「おい、ジッとしてろよ」

指の腹で、毛のつけ根部分をくすぐってくる。

さわ……さわ。

強すぎず、弱すぎず……絶妙の力加減でマッサージを施されているみたいで、少しずつ瞼が重くなってくる。

『ダメ……だ。このままじゃ、また……』

天敵の腕の中で、二度までも眠り込むわけにはいかない。今夜こそ、『狐の尾筆』の在《あ》り処《か》を突き止めなければ。

そう思っているのに、閉じた瞼を開くことができない。

『……ちく、しょ……』

なんといっても、相手は狐だ。変な術をかけられているのでは。

そう頭によぎったのを最後に、スッと意識が闇《やみ》に落ちた。

《三》

……見つからない。

闇雲に屋敷内をうろうろしても、目的の『狐の尾筆』がどこにあるのかという、見当もつかなかった。

郷を出て、そろそろ一週間になる。

昨夜電話で話した兄からは、夕立があっても一時的なもので大池に水が溜まるほどの降雨はないと聞いた。

「こうなったら、最後の手……かな」

いつものように、神代家のすぐ近くにある電柱脇へ身を潜めた佳寿は、独り言をつぶやいて『最後の手』を思い浮かべた。

最後の手。

いつの時代も、男を惑わすのはやはり……美女の色仕掛けだろうと。浅はかな考えかもしれないが、酔わせて、口を割らせてしまえばいい。

太路には冗談交じりに話したのだが、どうしても見つけられなければその手を使うしかないと決めてある。

……ポメラニアンでさえ満足に擬態できない自分が、依吹を惑わすことができるほどの美女にうまく化けられるか、という不安はあるが。

こうして佳寿がグズグズしているあいだも、郷の大池は日増しに切迫した状況になっているのだ。

手段を選んでいる猶予はない。

「美女……かぁ」

ため息をついた佳寿は、目を閉じて電車の天井から吊り下げられていたポスターを瞼の裏に描いた。

水着姿で豊満な胸を強調した、グラマラスな女性だ。どこに触れても、柔らかそうで……雑誌の表紙を飾るほどだから、きっと世の男性から人気があるタイプに違いない。きっと、依吹も嫌いではないはずだ。

佳寿自身の好みは……あまり生々しく女を強調しない、古風で控えめに笑う儚《はかな》げな女の子なのだが。

狭い世界で育った佳寿がこれまで接した同じ年頃の異性の人数は多くなく、郷の幼馴染みくらいだけれど、彼女たちは一言で言えば『逞《たくま》しい』。

男である佳寿よりも身体が大きい子もいるし、力自慢だったりして……子供の頃から、取っ組み合いのケンカで負けた回数は数え切れない。

兄たちに言わせれば、佳寿が男として頼りないだけだと眉をひそめられるが。

同じ年の友達には、おまえが理想とするような女の子は漫画やアニメの中にしか存在しないだろうと、鼻で笑われてしまった。

当然、これまで異性との交際経験はなく……恋さえ、まだ知らない。

「あ、考えてたら落ち込みそう……」

なんとなく情けない気分になったところで、頭を振って思考を振り払った。

今は、自分の人間としても男としても未熟な部分を嘆いている場合ではない。そんなことよりはるかに重大な、郷を救うという使命があるのだ。

「ふぅ……えいっっ」

大きく肩を上下させた佳寿は、息を止めて胸元でギュッと両手を組み合わせると、頭の中に電車内で目にした女性を強く描いた。

詰めていた息を吐いてまばたきをすると、自分の身体を両手で辿る。

「ん、問題ない……かな」

うつむいた視界に映るのは、普段の佳寿にはない突き出た乳房。身につけているものは、大きくV字に胸元の開いたノースリーブのシャツと、太ももの半ばほどまでしか丈のない短いスカート、紐《ひも》をグルグル巻きにしたような踵《かかと》の高いサンダルだ。

あとは……門の脇で、依吹の帰宅を待つのみだ。誘惑の術は、一応郷にいた時に教本で習った。

勇んで足を踏み出した……途端に、グラリと身体が傾いでその場に転がった。

「っ、いったぁ……。なんだこの靴。下駄より歩きづらいじゃんかっ」

電車の中で若い女性が履いていた靴を模倣したのだが、踵の高いサンダルは予想外にバランスを取るのが難しかった。

あの女性は、平然と揺れる電車内で立っていたのに……佳寿にとっては、竹馬を操る方が容易《たやす》い。

アスファルトの道路で打ちつけた膝を撫でていると、背後から近づいてくる車のエンジン音とライトの灯《あか》りに気がついた。佳寿が振り向くのとほぼ同時に、黒い車がすぐ脇で停《と》まる。

「……どうかしましたか」

運転席の窓ガラスが下がり、依吹が顔を覗かせて尋ねてきた。

グッドタイミング！　好都合だ。

依吹の帰宅時間を見計らったのだが、見事な読みだ。

打ちつけた膝の痛みも忘れて自画自賛した佳寿は、運転席から見下ろしてくる依吹を見上げてか細い声で答えた。

「それが……足を痛めてしまったみたいで。手を貸してくださる？」

古今東西、女性にこんなふうに懇願されて無視できる男はいないはず。きっと依吹も、車から降りてきて手を差し出してくれるだろう。

そう待ち構えていた佳寿だったが、表情を変えることなく淡々とした声で返してきた依吹に目を瞠る。

「それは大変ですね。家の者に伝えておきます。そこは危険なので、道路の端に寄って……少しだけお待ちください」

「えっ！」

想定外の事態に、思わず驚きの声を上げる。

言うだけ言って窓を閉めようとしていた依吹は、半ばまで上がった窓ガラス越しにチラリと佳寿を見下ろしてきた。

「……なにか？」

冷たいと表してもいい、一切の感情を窺わせない目だ。

犬に化けた佳寿は、依吹からこんな視線を向けられたことなど一度もない。

「い……いえ」

もう何も言えなくなり、うつむいた佳寿を残して依吹の車が動き始めた。電子制御されているらしい門が開き、屋敷に入っていく。

ポツンと……路上に取り残されてしまった。

「な、なんでぇ？　犬は、問答無用って感じに抱き上げたくせに」

もしや、美女に化けたつもりだが……どこかおかしかったのだろうか。耳や尻尾は、出てない……よな？

パタパタと自分の身体を探っていると、巨大な門の脇にある通用口の扉が開いた。依吹が伝えたのか、神代家の家政婦である初江が出てくる。

路上に座り込んでいる佳寿に、小走りで近づいてきた。

「あらあら、本当。転ばれましたか？　それとも、どこかの車に引っかけられたのかしら。救急車を呼びましょうか」

「い、いえっ。それほど大変なことでは。その、簡単な手当てをしていただければ……と思ったのですが」

神代の屋敷を横目で見ながら、家に入れろと催促する。

佳寿の脇でしゃがみ込んでいる初江が、ふっと表情を曇らせた。その目は……あからさまに胡散臭《うさんくさ》そうだ。

「申し訳ございませんが、素性のわからない方を入れることはできませんので。よろしければ、消毒薬だけ持ってきます。あと、タクシーの手配を」

こちらも、犬に化けた佳寿に対するものとはまるで違う態度だ。都会では、コレが普通なのか？

ことごとく思惑を外された佳寿は、屋敷に取って返す初江の背中を黙って見送る。完全に初江の姿が見えなくなったところで、いつもの『犬』へと術をかけ直した。

『うぅぅ……計算が狂った』

美女の誘惑作戦は浅知恵だったかと、うなだれる。

さめざめと嘆いていたところへ、再び初江の足音が近づいてきた。

「あら？……ワンちゃん、いつの間にお屋敷から出たの？　さっきまで、ここに女性がいたはずだけど……どこに行ったかご存じない？」

首を傾げながら佳寿を抱き上げた初江は、キョロキョロと周りを見渡す。ここにいるはずの『女性』がいないことを不審に思ったのか、厳しい表情でため息をついて佳寿を抱き上げたまま屋敷に戻った。

庭を縦断して玄関扉を開き、佳寿の足の裏を雑巾で拭う。長い廊下を歩くと、依吹の私室の前で足を止めた。

「依吹さん、少しよろしいですか？」

襖越しに声をかけると、少し間があって依吹が顔を出した。

着替えている途中だったのか、スーツの上着を脱いでネクタイを外し、白いシャツとスラックスという格好だ。

「初江さん、どうでした?……あれ、ポメ?」

「戻った時には、姿が見えなくなっていました。やはり、浅はかな手段で依吹さんにお近づきになろうとしていたんでしょうね。……代わりのようにこの子がいたんです。朝から姿が見えないと思っていたら、いつの間に外に出ていたのかしら」

「植込みのどこかに、隙間があるのかもしれないな。庭師に連絡をしておいてもらえるか。あと、警備会社。……ポメ、おまえ怪我をしているんじゃないか?」

依吹は、初枝に抱かれている佳寿に手を伸ばして身体に触れる。

後ろ脚に目を留めたかと思えば、ふと表情を曇らせた。そこにある擦り傷に気づいたらしく、ひょいと脚を摘《つ》まみ上げる。

「あら、大変。動物病院に連絡いたしましょうか」

依吹の言葉を受けて、初江がオロオロと佳寿の脚を覗き込む。

二人に注視された佳寿は、居心地が悪くなってもぞもぞと脚を隠した。

「擦り傷程度みたいだから、大丈夫だと思うが。人間の用の消毒薬は、犬には刺激が強すぎてマズイかもしれないな。とりあえずキレイな水で洗って、様子見をするか。治りが悪いなら、獣医に診《み》せる」

初江から佳寿を受け取った依吹は、佳寿を両手で抱き上げると顔を突き合わせて話しかけてくる。

「おい、この前ドーベルマンと遭遇して怖い思いをしたのを忘れたか？　一人でフラフラと家の中から出るな」

アップに迫った端整な顔に、なんとなくドギマギした気分になって目を逸《そ》らす。

……なんだろう、この動悸《どうき》。走ったわけでもないのに、心臓がドキドキしていて……妙なこともある。

佳寿と顔を突き合わせて目を細める依吹は、先ほどの、女性に化けた佳寿に対する態度とは別人みたいだ。

この男、女性より犬が好きというわけではないだろうな。見知らぬ他人を、警戒しただけか？

色仕掛け作戦の失敗を悟った佳寿は、やはり警戒されないこの姿で、屋敷内をうろついて探索するしかないか……と憂鬱な吐息をついた。

犬姿では、箪笥《たんす》の高い位置に手が届かないし引き出しを開けるのも容易ではない。人間の姿のほうが、なにかと都合がいいのだが。

しかし、『神代依吹』がどんな人間……いや、『狐』なのか、未だにわからない。

犬に化けた佳寿への態度から、幼い頃から言い聞かされていた『狐』とのギャップが激しいと戸惑っていたけれど、人への接し方を見ていると警戒心の強い狐らしいと思う。

どちらにしても、大池が完全に干上がってしまうタイムリミットは迫る一方だ。

「ポメ、おまえ……帰る家がわからなくなってるんだろうな。おまえがよければ、ここに置いてやるぞ」

『……グゥ』

喉の奥で唸った佳寿に、依吹は「ん？　腹が減ったのか」とつぶやく。

初江が、

「いつもの、ササミと温野菜でよろしいですかね」

と言い残して背を向けると、畳の上へ下ろされた。

着替えている途中だったらしい依吹は、「いい子にしてろよ」と口にして佳寿の頭にポンと手を置き、シャツのボタンを外し始める。

依吹から目を背けた佳寿は、障子の閉められていない窓に近づいて夜空を見上げる。

雲一つない夜空に浮かぶ、細くなった月が見えた。

……新月は、いつだろう。

もともと化け術が下手で未熟な佳寿は、新月の前後になると完全な変容ができなくなってしまうのだ。

どんなに頑張っても、本来の姿である狸の尻尾と耳を生やすのが精いっぱいで……アレは、我ながら間抜けな姿だと思う。

肩を落としてため息をついた佳寿は、犬姿を保てなくなる新月までになんとかしようと、決意を新たにして奥歯を噛みしめた。

□□□

緑色の重い受話器を握りしめている佳寿は、電話の相手には見えないとわかっていながらコクコクとうなずいた。

「うん、うん……大丈夫だって！　散々脅されていたけど、狐族って思ってたより、どう言えばいいか……フツーかも」

頭に依吹を思い浮かべて、恐れるほどではないと笑い声をこぼした。

それを、能天気かつ緊張感のない態度だと受け取ったのだろうか。はぁ……と、深いため息が聞こえてきた。

『それは、おまえが『狸族』だと知らないからだろう。油断するなよ』

電話の向こうで、太路がどんな顔をしているのか……想像がつく。心配と不安が入り混じり、眉間に深いシワを刻んでいるに違いない。

要領の悪い佳寿が太路からは頼りなく見えるのだろうけど、昔から過保護だ。

「油断大敵なのは、わかってるよ。明日には、庭の隙間を塞がれるみたい。犬に化けたまま屋敷から簡単に出られなくなるから、あまり電話とかできないかもしれないけど、心配しないで」

『悪いことばかり考えたくはないが……なにかあれば、すぐに逃げろよ。狐との全面戦争も覚悟で、俺が助けてやるからなっ』

「やだな、太路ちゃんてば物騒なコト言って。おれに任せといてよ。絶対、例の筆を手に入れるから！　あ、もうそろそろ……」

電話が切れるかも、と言いかけたところで低いブザーが鳴った。プッンと通話が途切れてしまい、握っていた受話器を本体に戻す。

この、「公衆電話」を探すのは一苦労した。佳寿の住む土地は山深いこともあり、携帯電話の電波が入りづらいので所々に公衆電話が設置されているのだが、都会ではものすごく数が少ない。

扉を押してガラスのボックスから出た佳寿は、周りに人がいないのを確認していつものポメラニアンへと姿を変えた。

佳寿が『神代』の敷地をコッソリと出入りするのに使っていた生垣の隙間は、明日の午前中に業者によって塞がれてしまうらしい。

簡単に出られなくなる前に、心配性の太路へ『犬に化けたまま神代の屋敷に潜伏する。しばらく戻れない』という連絡をしておきたかった。

夜道を軽快な足取りで歩き、少し低くなっているブロック塀をよじ登り……通い慣れた植込みの隙間から神代の敷地内へと戻る。

番犬であるドーベルマンに見つからないよう細心の注意を払い、足音だけでなく気配を殺して庭を横切った。小型犬に化けているから可能なことだろう。

もう少し……あの池の脇を通って、縁側のところまで行けば大丈夫。

縁の下のところに逃げ込んでしまったら、ドーベルマンの巨体では追いかけてくることができない。

キョロキョロと視線を廻らせてドーベルマンの影がないことを確認しながら、池の脇に敷かれている石の上を歩く。

……無事に、ドーベルマンに見つからずに済みそうだ。

そう気を抜いた直後、背後からジャリジャリと細かな砂利石を踏む不穏な足音が聞こえてきた。

『ウゥゥ……』

背後から聞こえてきた低い唸り声に、恐る恐る振り返る。佳寿の目には、黒々とした大きな山が迫ってくるように映った。

『ギャー、出たっっ！』

慌てて走り出そうとした直後、石の上でズルリと肉球が滑った。

しまった、池の縁の石に苔《こけ》が！

爪《つめ》に力を込めて踏ん張ろうとしたけれどどうにもならなくて、派手な水音を立てて池に落ちてしまった。

バシャンと水音を立てて佳寿が池に落下した途端、餌《えさ》と勘違いしたのか巨大な鯉《こい》が群がってくる。

『な……なんだっ？』

小型犬に化けている佳寿と変わらないサイズ……モノによっては、今の佳寿より大きな錦鯉が十数匹。

それらが、口をパクパクさせながら迫ってくる！

『く、食われるっっっ』

魚に食われそうになったと語れば笑われるかもしれないが、この恐怖は、体験した者でなければわからないだろう。

歯などないはずなのに、無数の鯉が佳寿の身体をつついて毛をむしり取っていく。そのうえ、鼻や口から池の水が入ってくる。

巨大な鯉に食われそうな恐怖と、溺《おぼ》れかけている恐怖。二乗の危機で、恐慌状態へと陥った。

『怖い、怖いぃ』

鯉に食われるのが先か、溺れて意識を失うのが先か。

もがく手足の動きが鈍くなり、目の前が暗くなってくる。

『どうにか……なんとかっ、しない……と。で、どうすればっっ。あ！ そうだっ。化けの皮を剝《は》げばいいのかっ』

無我夢中で手足をバタつかせていた佳寿は、唯一の解決策をようやく見つけて慌てて術を解いた。

一旦《いったん》人の姿に戻り、池を出よう。

今、この瞬間の差し迫った危機は、ドーベルマンよりも佳寿を取り囲んでいる巨大な鯉の群れなのだ。

「ッ、ゲホゲホッ。ペッ……あっち行け！」

人間の姿に戻った佳寿は、池の中に座り込んだまま盛大に噎《む》せた。口の中に入っていた苔臭い水を吐き出し、なおも群がっている鯉をパシャパシャと蹴《け》散《ち》らす。

小犬の姿だと、恐ろしく深くて広い海のように感じていたけれど、人間に戻ってみればどうということのない池だ。水深は、座り込んでいる佳寿の胸元くらいまでしかない。

鯉に食われそうな危機を脱して、はー……と安堵《あんど》の息をついた直後、ウォンウォンというけたたましい吠え声が池の端から響いた。

「うわっ、ドーベルマン!!」

ドーベルマンにとっては、小犬よりもはるかに怪しい存在に違いない。なんといっても、突如現れた侵入者だ。目の前で犬から人間に変化したことなど、問題ではないとばかりに吠えついてくる。

「おい、さっきからなにを騒いでいる」

縁側のところから聞こえてきた男の声に、ドーベルマンがピタリと鳴きやんだ。頭の中が真っ白になった佳寿は、動きを止めてコクンと喉を鳴らす。

これは、依吹の声だ。そして、今の自分はポメラニアンではなく……番犬に吠えつかれていた、侵入者。

いまさら、犬に化け直すことなどできないし……。

どう誤魔化せばいいのかわからず、池の中に座り込んだまま息を詰める。依吹がどんな顔で自分を見ているのか、気になるけれど振り向くことさえできない。

「ふ……ん、コソ泥か？　池に落ちるとは、ずいぶんと間抜けだな」

縁側からは、淡々とした響きの依吹の声が聞こえてくる。声を荒らげるでもないし、驚いている様子もない。

先日、女性に化けた佳寿に接していた時とも少し違っていて、なにを思っているのか読むことができなかった。

わからない、というのが一番不安だ。

「……くしゅん」

息苦しさに限界がきて吐息をついた直後、小さなくしゃみが出てしまった。夏なので池の水はぬるかったけれど、水面から出ている肩口が夜風に吹かれて冷たくなっている。

「とりあえず池から出ろ」

依吹の声に、池を出るよう促される。

くしゃみをしたことで硬直が解けていた佳寿は、そろりと立ち上がった。

執拗《しつよう》に鯉につつかれた手足が気になり、何気なく自分の身体を見下ろして……ギョッと目を剝く。

犬から人に戻った時、心身ともに余裕がなかったせいで服のことを忘れていたっ。

今の佳寿は、全裸で他人の庭にある池に佇《たたず》む……とてつもない不審者だ。

依吹が制しているせいか、ドーベルマンは吠えてくることもなく置物のように動かないが、鋭い眼光を向けてくる。その視線が痛い。

ゆっくりと池から出た佳寿は、うなだれて自分の足元にある敷石を凝視した。

「う……その」

言い訳っ。全裸で池にいたことを誤魔化すことができる、巧みな言い訳……など、あるわけがない。

佳寿がしどろもどろになって言葉を探していても、縁側に立っている依吹は無言のままだった。

どんな言葉を投げつけられるよりも重いプレッシャーを感じて、目を合わせることができない。

シン……と、奇妙な静けさが漂う。池の鯉が跳ね、チャポンと響いた水音が合図になったかのように依吹が口を開いた。

「話には聞いていたが……実物を目にしたのは、初めてだな」

不思議がっている……いや、なにやら感心しているようにも聞こえる言い回しだ。

不審に思った佳寿は、うつむけていた顔を上げて縁側からこちらを見下ろしている依吹を窺い見た。

「……？」

この位置から見上げた依吹は、屋内に灯されている電気の光を背にしているせいで逆光になっており、どんな表情をしているのかハッキリと見て取ることはできない。ただ、ジッとこちらを凝視していることは確かだ。

実物を目にしたのは、初めて……とは？

「なんの、こと」

「その場を動くなよ。レオン、見張っておけ」

依吹は、ポツリとつぶやいた佳寿の疑問に答えることなく口を開く。前半は佳寿に向かって言い、後半はドーベルマンに命じておいて、こちらに背中を向けた。

今が逃げるチャンスだと思ったが、まるで人間の言葉を解しているかのようにドーベルマンが佳寿を睨みつけている。

……動けない。変な動きを見せれば、ガブリと咬《か》みつかれそうだ。妙なプレッシャーに、冷や汗が滲む。

すぐに戻ってきた依吹は、手に大きなバスタオルを持っていた。縁側から、佳寿に向かって差し出してくる。

「これで身体を拭け」

この男は、なにを考えている？　不審な侵入者に、タオルを差し出すなど……。

言われるままタオルを受け取るべきか否か躊躇《ためら》っていると、依吹の声に苛立《いらだ》ちが混じる。

「グズグズするな」

「い、犬……が」

動いたら、飛びかかってくるのではないか。

チラリとドーベルマンに目を向けて懸念を口にすると、依吹が「ふん」と鼻を鳴らした。

「俺が命じれば、襲いかかるが。……レオン、伏せ」

依吹の言葉に、威風堂々と仁王立ちしていたドーベルマンが両前脚を揃えてスッと地面に伏せる。そう訓練しているのだと思うが、見事な忠誠心だ。

「ほら」

受け取れ、とタオルを揺らされて渋々と歩を進めた。

おずおずとタオルを受け取った佳寿は、大判のタオルを素肌の肩にかけてチラッと依吹を見上げた。

露出趣味はないので、全裸がどうにも落ち着かなかったのだが……少しだけ緊張を抜くことができる。

縁側に立っている依吹との距離は、一メートルほど。この近さなら、どんな表情をしているのか目視できそうだ。

「本来なら、侵入者は即座に警察へ突き出すところだが」

だが？　まるで、佳寿のことは通報しないと言っているみたいだ。依吹の思惑が読めないので、下手に口を開くことができない。

タオルの端を握りしめていると、依吹の背後から初江の声が聞こえてきた。

「依吹さん、警備会社から装置が作動した旨のご連絡がありまして……近くにいる警備員を向かわせますと仰っていますが」

彼女からは、依吹の姿の陰になっている佳寿が見えないのだろう。

依吹は振り返ることなく、冷静そのものの声で初江に答える。

「ああ、ポメが警備網に引っかかったみたいだ。なんでもないから警備員は不要だと伝えてくれ。今日は遅くなったから、警備会社に連絡をしたら帰宅してくれて構わない」

「承知しました。では、お暇《いとま》します。依吹さんとワンちゃんのお夜食は、冷蔵庫に用意しておりますのでよろしければ召し上がってください」

「ああ」

依吹が短く答えると、初江の気配が遠ざかる。

そのあいだも、依吹の視線は佳寿にあてられたままだ。逃がさないと、鋭い眼が語っている。

「噂《うわさ》に聞いていたとおり、狸ってヤツは間抜けなんだな」

「なー……っっ」

さらりと依吹が口にした『狸』の一言に、佳寿は目を瞠った。

どうして？　自分が『狸』だと悟られる言動は、なにひとつしていないはずだ。それなのに、依吹は当然のように『狸』と……。

絶句して立ちすくんでいる佳寿に、腕組みをしてこちらを見下ろす依吹はほんの少し唇の端を吊り上げた。

端整な美形の薄ら笑い。それは、なんとも形容し難い迫力に満ちた表情だった。ゾッと背筋が凍りつく。

なんと表現すればいいのだろう。

そうだ。これは……袋小路に追い詰めた獲物を、どう調理してやろうかと悦に入っている、酷薄な微笑だ。

「自分で気づいていないのか？」

「な、なにが？　狸って、なんだよ。そんなもの、どこにもいない……っ」

「言い訳が下手だな。頭の回転が鈍いのも、話に聞いていた通りか」

ククク……と肩を揺らす。あからさまにバカにされて、佳寿はタオルを摑んでいる手にグッと力を込めた。

「わけがわからないこと言ってんのは、そっちだろ」

とことん白を切ってやれ。

そう決めた佳寿は、『狸』などどこにもいないと眉をひそめる。

虚勢を張っているけれど、心臓はドクドクと激しい鼓動を響かせていた。手のひらには、冷たい汗が滲む。

狐は、冷酷で無慈悲。特に、狸に対しては容赦ない。

狸だという正体を知られてしまったら、皮を剝がれてコートにされるかもしれないぞ、と。

郷を出る直前、祖父が重々しく語っていた『怖い話』がいまさらながら頭の中をグルグルと駆け廻る。

太路が心配していたように、舐《な》めて油断していたわけではない。ただ……犬に化けた自分に対する言動が、『狐』らしくないなぁと思っていただけだ。それが、舐めているのだと言われれば反論できなくなるが。

ただし、今、冷たい表情と声で佳寿を見下ろしている依吹は、子供の頃から聞かされていた『狐』そのものの冷たいオーラを纏っていた。

子犬に化けていた時の依吹とは、別人みたいだ。

わずかでも怯んでいることを隠そうと、唇を引き結んで視線を絡ませていた佳寿を見下ろしていた依吹は、ポツリと口を開いた。

「耳……と、尻尾」

「……え？」

予想もしていなかった言葉に、佳寿はきょとんと目を瞠る。

耳はともかく、尻尾……と言ったか？

リアクションに迷って目をしばたたかせている佳寿……正確には佳寿の下半身を、依吹はスッと指差して再び口を開いた。

「自覚がないのか。出てるぞ、尻尾。丸っとした耳の形といい、ずんぐりとした尻尾に毛色といい……おまえ、狸なんだろう？」

「嘘だろっっ！」

頭の上と、腰のあたりに視線を往復させて『耳と尻尾』について語る依吹に、佳寿は全身の産毛が逆立つのを感じた。

慌てて右手を頭、左手を尾骨のあたりにやる。

その手には、濡れた獣毛の感触が……。

「……ぅ」

佳寿は、言葉もなく視線を泳がせた。

間違いなく、狸族の証《あかし》である耳と尻尾の感触だ。化け術を解いた際、精神的な余裕がまったくなかったせいで、中途半端な解術になってしまったのかもしれない。

新月が近いことも、未熟な佳寿には災いしたのだろう。

「これ、は……っ」

「これは？」

冷たい目でこちらを見ながら、続く言葉を促される。黙り込んで逃げることは、許してくれそうにない。

「作り物……」

「ふーん、今すぐ外してみろ」

「う……ぅ」

言い返せなくなった佳寿の負けだ。

術で偽物の耳や尻尾を演出して、それを外して見せればよかったのだ。と、気づくのが遅かった。

ここに兄や太路がいれば、「これだから佳寿は」と、不甲斐《ふがい》なさにため息をついたことだろう。的確に、『狸』だと正体を言い当てられてしまったことが、佳寿から思考力を奪う要因となっていた。

こうなれば、巧みな言い訳などカケラも浮かんでこない。これ以上苦し紛れに言い繕おうとしても、墓穴を掘るだけだと予想がつく。

どうしよう。どう……したら。

ふと息を吸い込んだと同時に、鼻の奥がムズッとした。

「ふ……っ、くしょん！」

我慢できなくて、全身を震わせた。

場の緊張を打ち破る盛大なくしゃみに、依吹は肩を上下させて大きなため息をつく。

「タオルで水気を拭って、上がれ」

「……で、でも」

「でも、なんだ？　いくら狸が短絡的で間抜けでも、この状況で逃げ隠れできるとは思っていないだろう？」

……失礼極まりない。

屈辱に、顔面がカーッと熱くなる。が、今の自分が間抜けなのは事実だ。

言い返せる材料は一つもなくて、唇を噛んだ佳寿は肩に引っかけたタオルで身体の水気を拭った。

《四》

すっかり見慣れているはずの依吹の私室は、小犬の視点と人間の視点ではずいぶんと違う印象を受けた。

もっと広いかと思っていたけれど、それほどではない。

ただ、簞笥や机、パソコンに書棚と……目につく範囲に物があまり多くないのは、どちらにしても変わらない。ピッタリと襖が閉じられている押入れの中は、どんな状態かわからないけれど。

佳寿は針のむしろに座らされている心地で、目の前に置かれたトレイの上にあるマグカップをジッと目にした。

こうして自分を私室へ入れる依吹は、なにを考えている？

マグカップの中身は、こうして見る限りカフェオレ色だけれど、怪しいものではないだろうな。

飲め、と目の前に置かれた時は白い湯気を立ち上らせていたマグカップだが、今は湯気の気配もない……と思ったところで、黙り込んでいた依吹が口を開いた。

「せっかくの飲み物がぬるくなるだろう。人の親切を無駄にする気か？　さっさと飲め、どん臭いな」

最後の一言は、余計なものだ。

佳寿はキッと顔を上げて依吹と視線を合わせると、目の前に置かれているマグカップを鷲《わし》摑《づか》みにした。

気分は、俎上《そじょう》の鯉だ。

「イタダキマス！」

依吹を睨みながらそう言うと、ぬるいカフェオレを喉に流す。

もし、毒だったら？　その時はその時だ。

一気飲みした佳寿は、ふー……と息をつきながら摑んでいたマグカップを勢いよく漆塗りの盆に戻した。

我ながら、無鉄砲な行動だ。これだから、兄や太路には考えナシで危なっかしい子供扱いされるのだろう。

手の甲で口元を拭うと、ポツリとつぶやいた。

「……ゴチソウサマでした」

ほんのりと甘いカフェオレは、都会に出てきて初めて入った洒落《しゃれ》たカフェで飲む物よりおいしかった。

それに……今のところ、異変は感じない。とりあえず、命にかかわる即効性の毒入りとかではなさそうだ。

チラリと視線を上げて依吹を窺い見ると、バッチリと視線が絡んでしまう。

「では、事情聴取といこうか」

無表情の依吹が発した抑揚のあまりない低い声に、ビクッと肩を揺らした。

依吹から借りたTシャツの中で、身が泳いでいる。リネンのパンツも、ウエストがゆるゆるというだけでなく裾を三回も折り返さなければならなくて、佳寿にはずいぶんと大きい。体格の差を、まざまざと見せつけられているみたいだ。

逃げ隠れできないだろう、と。

捕まった時嘲《あざけ》るような口調で縁側から依吹が投げつけてきた言葉は、状況的なものだけでなく体格や腕力の面からも明らかだった。

「聞いているか、狸。返事は？　なんとか言え、狸」

「狸って名前じゃない」

狸を連呼された佳寿は、ボソッと言い返した。

そんな佳寿に、依吹はスッと目を細める。性悪で酷薄だという狐のイメージそのままの、意地悪そうな表情だった。

「ふん？　狸と呼ばれるのが気に食わないなら、名を名乗りやがれ。狸と呼ばれたいのなら、そのまま黙っていてもいいが」

とてつもなく偉そうな口調だ。

あんたに命令される謂《いわ》れなどないと反論してそっぽを向いてやりたいが、嘲笑《ちょうしょう》混じりに『狸』と呼ばれ続けるのはごめんだった。

「……佳寿」

視線を畳の上に落として、仕方なく名前を口にする。

視界の隅に映る依吹は、偉そうに腕組みをしたまま、

「佳寿、か」

と、復唱した。

その淡々とした声からは、思考のカケラも読み取ることができない。

緊張の中、どんな言葉を投げつけられるのか待つしかない佳寿に、依吹が続ける。

「で、狸族の佳寿がなにをしに来た？　ここがどこか、『神代』の系譜を知らずに来た……という白々しい言葉は聞きたくないからな。先祖代々、我らが『狸』に対して抱いているイメージがよくないのと同じで、おまえら『狸』も『狐』についてあることないこと吹き込まれているだろう？」

「それは……」

自分の正体やここが『狐族』直系の屋敷だと知った上で侵入したのだろうと、決めつけられている。

佳寿は否定も肯定もできず、膝の上で拳を握った。

「目的を言え。無理やり口を割らせてやろうか」

ざわっと、空気が質を変える。真冬の湖面のような、冷たく凪《な》いだものから……荒波の立つ厳冬の海のように。

コクンと喉を鳴らした佳寿は、そっと顔を上げて依吹を窺い見た。

「あ……」

瞳が、キラリと金色に光った？

端整な容貌は、際立って整っているだけに凄《すさ》まじいまでの迫力を帯びている。佳寿は、息を呑んで奥歯を噛みしめた。

元来、狐族の妖力は狸族とは比べようもないほど優れていると聞かされている。

化け術に関してだけでなく、天候を操ったり湧水を呼ぶことができたりする点からも、明らかだ。

特に、依吹は狐族の直系男子なのだから、際立って強力なはずだ。

術をかけられて、本来の目的を吐露させられる……？

そんな危機感に駆られた佳寿は、ギュッと目を閉じて依吹の視線から逃れた。そして、苦し紛れに口を開く。

「お、おれっ、どうにかして……依吹くんに近づきたかったんだ！」

「依吹くん、だと？　馴《な》れ馴れしいな。……まぁ、いい。俺は、その『理由』を問うているんだが。質問を理解できないくらい、頭が悪いのか？」

冷たい口調で、質問したことに答えるよう促される。

敵対関係にあるはずの依吹に、近づこうとした理由。それならば仕方がないと、納得させられるものは……。

「ッ、簡単に言えない……よ。だ、って……だって」

「だって？」

間髪入れずに追い詰めてくる依吹に、佳寿は「うぅぅ……」と喉の奥で唸りながら言い訳を捻《ひね》り出そうとする。

先祖代々の敵にも等しい存在へと、どうにかして近づこうとすることに説得力を持たせるには……。

佳寿は、周囲から散々『鈍い』と言われている頭をフル回転させて、どうにか捻り出そうとした。

「『触らぬ神に祟りなし』と言うだろう。せっかく距離を保っているのだから、わざわざ視界に入り込んで波風を立てなくてもよさそうなものを。しかも、おまえのような妖力《ようりょく》の弱そうな間抜けな子供が、単身で……」

呆れた、と言わんばかりの調子だ。

無防備に自室へ入れることといい、服を貸したり飲み物を与えることといい、佳寿には大したことができないだろうと侮っているに違いない。

「敵ばかりの中に、一人で乗り込むには相応の理由があるだろう？　理由如何《いかん》によっては、寛大な心で無罪放免にしてやろうと思っているんだ。黙り込んでいないで、なんとか言いやがれ」

佳寿が黙り込んでいるせいか、依吹の声が尖ったものになる。しかも、これが素なのか口が悪い。

本人の与《あずか》り知らない過去の因縁により、敵対関係。仲良くしたくても、周囲が認めてくれない。

そんな……『狐族』や『狸族』と似通った関係性が原因で大揉《おおも》めする物語を、映画で見たことがある。

そうだ。あれは……ロミオとジュリエット!!

そう思い浮かんだ次の瞬間、佳寿の口から出たのは……。

「す、好きなんだ」

という、上擦った声だった。

自分で発した一言に、あれ？　なんとなく間違えたような……？　と眉をひそめる。関係性という点では間違っていないかもしれないが、ロミオとジュリエットは男女だから成立する物語のような気がしなくもない。でも、いまさら『間違えました』と訂正するわけにもいかないし。

自分でも奇妙だと思う言い訳を、聞かされた方はどんな顔をしているのだろう。

佳寿は『微妙に失敗したかも』とグルグル頭を悩ませながら、恐る恐る顔を上げて依吹を窺い見る。

依吹はほんの少し眉間にシワを寄せ、訝《いぶか》しげな表情で佳寿を見据えていた。まるで、珍獣を初めて目にするような……？

「……あの」

「ッ」

おずおずと声をかけると、ハッとしたように目を見開く。唖然とした顔を佳寿に見られたのが不覚なのか、忌々しそうに低くつぶやいた。

「命がけの冗談か？」

不審そうな響きだ。

突拍子もない口から出まかせを、信じてもらえないのは当然か。佳寿自身でさえ、かなり無理があるものだと後悔したのだから。

でも、一度口にしたものを撤回することはできない。こうなれば、多少……かなり無理があろうが、言い張るのみだ。

「ま、まさかっ。冗談で、狐なんかに近づけるわけがないだろっ」

相当の覚悟で以て、『神代』に接近した。冗談であるわけがないと、そのことは嘘ではないのだから力の入った言葉になる。

佳寿の反論に、依吹はググッと眉間に深くシワを刻んだ。

なにを言われるかと、緊張で身を硬くする佳寿に、不機嫌そうな依吹はどこかズレた言葉を返してくる。

「あぁ？　狐なんか、ときたか。狸風情が」

「っ、おれに好きだって言われて、その反応かよ。男だとか、他に気にすることがあるんじゃねーのっ？」

「お？　愚鈍な狸にしては、鋭い切り返しだな」

あからさまに、佳寿をバカにしている口調と表情だ。いや、バカにしているというよりおもしろがっている。

ムッとしたけれど、今は個人的なことで言い合っている場合ではない。佳寿の肩には、一族の命運がかかっているのだから。

「おれ……狐族を見たの、初めてだったけど、あんまりキレイでビックリした。でも、狸族なんか絶対に相手にしてくれないとわかってたから……犬に化けて、近づいた。少しでも傍《そば》にいたかったんだ」

畳の目をジッと見据えながら、ポツポツと口にする。

必死で言葉を探しながら迷い迷いに話したせいで、我ながら見事に『か弱さ』を演出できたと、心の中で自画自賛した。

視界の端に、依吹の手が映った……直後、顎《あご》を摑まれてうつむけていた顔を上げさせられる。

「犬？　もしかして、ここしばらくうろちょろしていた不細工なポメラニアンは、おまえが化けていたのか」

犬の正体が、佳寿だったということまで気づいていたわけではないのか。墓穴を掘ってしまったらしい。

動揺に視線を泳がせた佳寿は、しどろもどろに反論する。

「ぶ、不細工って言うな！　傷ついたっ」

「そう言えば、アイツの毛色は狸色だったな。……チッ」

まだ引っ込めることのできない、佳寿の耳を睨むような目で見つめながらそう口にすると、低く舌を打つ。

顎を離されたかと思えば、指先で頭の上にある耳を摘まれてグッと引っ張られた。

「イタタタ、乱暴者！」

容赦なく耳を引っ張られて、涙が滲み出る。依吹を睨みながら抗議すると、パッと意地悪な手が離された。

ピルピルと耳を震わせ、ホッと息をつく。耳を千切られるのかと思った。

「……ポメと同じ手触りだ。いい抱き枕を手に入れたと思ったら、狸かよ」

不覚だと言わんばかりの忌々しげな口調で、『狸』と吐き捨てられるのは気分のいいものではない。

むぅ……と唇を引き結んだ佳寿は、抗議を込めて上目遣いで依吹を見遣った。

「なんだ、その目。おまえは俺に惚《ほ》れてるんだろう？　惚れた相手に触られるんだから、嬉《うれ》しいだろうが」

己の発言を逆手に取られてしまい、うぅぅ……と文句を飲み込むしかできない。

惚れているのだろうと言った依吹は無表情なので、佳寿の『好きだ』を信じているかどうかも定かではないのに。

「い、痛いのは嫌だ」

両手で頭の上にある耳を押さえて、ささやかな抗議をする。ジロリと佳寿を見下ろした依吹は、目を細めて佳寿の手の甲を指先で弾《はじ》いた。

「我がままなヤツだ」

そう短く口にした依吹は、予想もしていなかったことに……ふっと微笑を滲ませた。嘲笑ではない笑みを目の当たりにして、佳寿はポカンと口を開く。

……犬に化けていた時と同じ、キレイな笑顔だ。

「ッ！　す、好きでも意地悪されるのは嬉しくないっ」

自然とキレイだと言った自分に驚き、慌てて依吹から目視線を逸らした。耳を覆い隠していた手で、Tシャツの胸元を握りしめる。

なんだろう。心臓が……グッと鷲摑みにされたように、苦しくなった。

依吹は、犬視点でも人間視点でも同じ、恐ろしいまでの美形だ。だからといって、佳寿のことを不細工とバカにするうえに、宿敵とも言える『狐』を『キレイ』と思わされるなんて……悔しい。

「実物の狸は、初めて見たなぁ。……それも、俺に惚れてるだと？」

疑問形でそう口にした依吹は、唇の端を吊り上げて薄ら笑いを浮かべた。その意地の悪い表情に、なぜか安堵する。

こっちのほうがいい。子供の頃から聞かされていたままの『狐』なら、佳寿も調子を狂わされることなどない。

依吹がどう続けるのか、息を詰めて身構えていると……。

「面白い」

ポツリとつぶやいて、またしても佳寿の耳を指先で弾いた。意外な一言に、佳寿は抗議することも忘れて耳を震わせる。

「……は、い？」

「間抜けな顔だなぁ。どんぐりみたいな目……は、ポメと同じだ。本当に、アイツの正体はおまえか。チッ。……ちょうど、身の回りの雑用をする小間使いが欲しいと思っていたところだ。おまえを使ってやるよ」

「ど、いうこと？」

「鈍い……頭が悪いのか？　ここに置いてやると言っているんだ。喜べ」

とてつもなく偉そうな口調と態度で喜ぶことを強要されて、短気なほうではないと自負している佳寿もさすがに頬を引き攣《つ》らせた。

でも、そうだ。ものすごいチャンスではないだろうか。

正体を悟られたにもかかわらず、屋敷に置いてくれると言うのだ。願ったり叶《かな》ったりとは、このことだ。

「う、嬉しい……な。ホントに、いいの？」

「ただし、俺は男もガキも好みじゃない。勘違いするなよ。ただの小間使いとして、使ってやるだけだ」

「もちろん、それでもいいよっ！」

むしろ、佳寿としてもありがたい。なにかの間違いで『恋人にしてやる』などと言われていたら、途方に暮れるところだ。

よかった……という安堵が、表情に出てしまったのだろう。

「ふ……ん。そうして素直に笑っていたら、それなりに愛嬌があるじゃないか」

「イテテ、だから引っ張るなって」

ツンツンと耳を引っ張られてしまい、慌てて身体を後ろに反らす。恨みがましい目を向けると、依吹はククッと肩を震わせた。

なにを考えているのか……やっぱり読めない。

でも、怪しまれずに屋敷内をウロウロすることができる立場を手に入れることができたのは、喜ばしい。

「よろしくお願いします、は？」

「……よろしく、お願いします」

依吹に促されるまま答えた佳寿は、決意を新たにしてグッと拳を握りしめた。

必ず、『狐の尾筆』を見つけ出して手に入れてやる。

□□□

「おい、起きろ」

低い声が頭上から降ってくる。

聞こえなかったふりをして寝返りを打つと、トントンと背中を突かれた。

「起きろと言ってるだろ」

「……んー……あと五……分。十分……」

丸めたタオルケットに抱きついた佳寿は、ムニャムニャと口を動かして、もう少し寝させてくれと訴える。

「起きねーか、狸！」

「タヌキ……って、呼ぶな」

頭はまだ寝ぼけているけれど、『狸』という単語は耳に入った。

確かに自分は狸族だが、低い声での一言は決して友好的な響きではなくて、佳寿は目を閉じたままもごもごと文句を口にする。

「小間使いのクセにいい度胸だな。朝飯抜きでもいいのか？」

今度は、呆れを含んだ声だった。そのセリフ……『朝飯抜き』という不吉な言葉は無視できず、パチッと目を開いた。

「うう……お腹《なか》、空いた」

目元を擦《こす》りながら身体の向きを変えた佳寿の視界に、スラックスの生地が映る。裾から覗く靴下の色はグレー。

「も、ご飯の時間……？　卵焼き、食べたい。醤油《しょうゆ》とマヨネーズをかけた、ふわふわスクランブルエッグ……」

「寝ぼけてんじゃねぇ。おまえが給仕をするんだよ。だいたい、スクランブルエッグに醤油とマヨネーズだと？　卵に対する冒瀆だ」

低い声の主は、そう言いながら爪先で佳寿の肩口を蹴る。

さっき背中を小突いたのも、この『足』か？

「蹴らないでよ。失礼だなっ」

佳寿は、未だに眠りの気配が残るかすれ声で文句をこぼした。数秒後、視界いっぱいに映った端整な容貌に息を呑む。

ビックリした！

同性でも、冗談のようにキレイな顔だ。起き抜け直後にアップで目にするには、刺激が強い。

「いつまでも寝てるおまえが悪いんだよ。ご主人様に挨拶《あいさつ》は？」

佳寿が寝ている布団の脇にしゃがみ込んでいるのは、この屋敷の主……神代依吹だ。

そうだった。ここは『神代』の屋敷で、佳寿は依吹の小間使いとして住み込むことを許されたのだ。

今の状況は……どう考えても、こちらの分が悪い。

ようやく思考がクリアになった佳寿は、そう悟り、もぞもぞと布団の上に正座をして居住まいを正す。

「……お、おはよーゴザイマス」

ちょこんと両手をついて、軽く頭を下げた。

棒読みだったかもしれないが、依吹からの苦情はなく「ふん」と鼻を鳴らしてこちらを見下ろした。

しゃがみ込んでいた膝を伸ばすと、布団の脇で仁王立ちして口を開く。

「着替えて身嗜《みだしな》みを整えたら、厨房《ちゅうぼう》へ朝食の膳《ぜん》を取りに行け。初江さんが準備している」

「わかった」

厨房。初江から朝食を受け取る。

頭の中で復唱した佳寿が答えた直後、依吹はピクッと眉を震わせる。スラリと長い手が伸

だ。

言い返してやりたいけれど、また頬を抓《つね》られてはたまらないので、グッと言葉を飲み込んだ。

乱暴者め。大人のクセに、大人げない。

頬を摘まんでギリギリと引っ張りながら、受け答えの訂正を強いられた。

「んでででで。わかりましたっっ」

「わかりました、だろ」

びてきて……。

「グズグズしてるなよ」

依吹は、涙目で抓られた頬を擦っている佳寿をジロリと睨み下ろして、踵を返す。

シワひとつない白いシャツの背中に向かって舌を突き出した瞬間、「あ」と足を止めて佳寿を振り返った。

まさか、頭の後ろにも目があるのか？　だとしたら、狐というやつは恐ろしい……と青褪《あおざ》める佳寿に依吹が投げてきた言葉は。

「朝食の前に、顔を洗って寝癖を整えろ。子供じゃあるまいし、どんな寝相をしたらそんなに派手な寝癖がつくんだ？」

不快そうに眉をひそめて、佳寿の頭をジロジロと見遣る。

「寝癖……そんなに？」

と、首を傾げながら右手を上げて髪に触れる。

確かに、ぴょこぴょこ跳ねている感じが……と思いながら佳寿が髪を撫でつけていると、もう用はないとばかりに廊下へ出ていった。

今度こそ広い背中を見送った佳寿は、唇を尖らせてつぶやいた。

「あー……ビックリした。見られてたんじゃなくてよかった。イキナリ振り返るなよ。さっさとアレを手に入れて、出ていってやる」

抓られた頬が、まだヒリヒリしている。

兄の知寿も、依吹と同じレベルで横暴だし乱暴だ。それに加えてチビで不器用だった佳寿は、幼馴染みたちにもなにかとつつき回されていた。

子供の頃から、髪を引っ張られたり頬を抓られたりすることには、ある程度慣らされているとはいえ……痛いものは痛い。

「少しのあいだ、我慢だっ」

依吹が会社に行ったら、屋敷内を掃除するふりをして家探しだ。

布団から畳の上へと這い出た佳寿は、大きなあくびをこぼして寝乱れた浴衣《ゆかた》に手をかけた。

《五》

「佳寿さん、廊下の拭き掃除が終わったら玄関先の電球を換えていただけるかしら？」

「……はーい」

廊下の端に屈み込んでいた佳寿は、バケツの中で雑巾を絞りながら顔を上げて初江に答えた。

小犬に化けていた時は、小動物だから実際以上に大きな屋敷だと感じているのかと思っていたけれど、人間の目線になっても変わらない。長い廊下に雑巾がけをするだけで、あっという間に午前中が終わってしまった。

この屋敷の住人は依吹一人なのに、部屋数は十を超える。そのくせ、使用人の数は多くない。

家事を中心に取り仕切る初江と、週に二度やってくるという庭師、あとは食材や日用品の宅配にやってくる業者くらいだ。

住み込みかと思っていた初江も近所から通っているらしく、夜には依吹曰《いわ》く『小間使い』

が佳寿だけになってしまう。

雑巾がけを終えた佳寿は、立ち上がって天井に向かって両手を伸ばす。長時間腰を屈めていたせいか、ポキッといい音がした。

「ひ、人遣いが荒い……」

大きく息をつくと、ついこぼしてしまった。

因《ちなみ》に、この苦情は初江に対するものではない。

初江は佳寿の祖母と同年代で、力仕事に無理があるのは当然だ。だから、彼女の代わりに電球を換えたり天袋の荷物を取ったりするのは嫌だと思わないけれど、問題は屋敷の主《あるじ》である依吹だ。

「こーんなに広い屋敷なんだから、もっとたくさん使用人を雇えばいいのに」

あの男がなにを考えているのか、よくわからない。

子供の頃から聞かされ続けていた、典型的な『狐』ともなんだか違う。

「うーん……?」

バケツを手に持ったまま首を傾げていると、廊下の角から初江が顔を覗かせた。

「佳寿さん、お昼は冷麵《れいめん》風のサラダ素麵《そうめん》でよろしいかしら?」

「あ、はいっ。素麵、好きです!」

慌てて背筋を伸ばして答えると、ニコニコ笑いながら「十分くらいで準備できますから、厨房にいらしてくださいね」と言い残して背中を向けた。

気配を感じなかったから、驚いた。

「初江さんも……『狐』なのかなぁ？」

神代の屋敷で働いているのだから、依吹と同族である可能性のほうが高い。ということは、もしかして佳寿が『狸』なのだと、彼女も感づいているのだろうか。

未熟な佳寿は、満月の光に照らされた依吹の影に尾を見ることはできても、人に擬態しているかどうか看破することが叶わない。さすがに同族の『狸』であれば、匂《にお》いと気配で判断できるのだが。

だいたい、彼女が佳寿のことをどう思っているのかも謎《なぞ》だ。

依吹は佳寿を初江の前に立たせて、

「今日から、小間使いとしてここに置くことになった。名前は佳寿だ。雑用を言いつけてくれ」

という、とてつもなく適当な紹介をしただけで……。

初江はといえば、佳寿の素性さえ尋ねることなく、

「あらまぁ、かわいらしいお坊ちゃんですこと。よろしくお願いします」

そう答えて、微笑《ほほえ》んだのだ。

自分がいないところで、なにか話されているのかもしれないが……少なくとも初江が佳寿

を見る目は、訝しんでいるものではない。

「もう、五日かぁ。アレは、なかなか見つけられないし」

はぁぁ……と息をついて、肩を落とす。

都合よく小間使いとして神代の屋敷に潜入できた時は、数日の間に『狐の尾筆』を手に入れて郷へ帰るつもりだった。

なのに、日中は雑事に忙殺されて……夜は疲れてぐっすり眠ってしまい、未だに隠し場所の見当すらついていないのだ。

「太路ちゃん、心配してるかなぁ……」

あれ以来、一度も連絡をしていない。佳寿が頼りないせいか、過保護なところのある太路は、ヤキモキしているに違いない。

このままだと、本当にただの『小間使い』だ。

空のバケツを手に、とぼとぼ廊下を歩き出した直後、外から正午を知らせるサイレンが聞こえてくる。

「……とりあえず、お昼ご飯」

初江の手料理は、郷の祖母が作るものとよく似ていて優しい味がする。

味噌《みそ》汁も素麺の麺つゆも、瓶詰めのものや化学調味料で手軽に作ったものではなく、手間をかけて鰹節《かつおぶし》や炒《い》り子から出汁《だし》を取る。佳寿にとって、厨房の隅で初江と昼食を取るのは心和む時間だ。反して、給仕ついでに依吹と向かい合って食事をする朝と夜は、なんとなく落ち着かない。

それでも食欲が衰えないあたり、兄や太路に『緊張感が足りない能天気』と言われる所以なのだと、わかっているが。

「諺《ことわざ》にもあるもんね。腹が減っては、戦はできぬ」

誰にともなく言い訳をつぶやいて、急ぎ足で廊下を歩く。リズミカルな佳寿の足音に、握ったバケツの取っ手がカラカラと揺れる音が重なった。

「じゃあ、あとはお願いしますね。依吹さんはお仕事関係の方と夕食を済ませられるそうですけど、一応冷蔵庫にお夜食を用意してありますから。後、佳寿さんのお夜食も一緒に入れてありますので、よろしければどうぞ」

「わーい、ありがとーございます。おやすみなさい」

「はい、おやすみなさい。では、また明日」

一日の仕事を終えて帰宅する初江に手を振り、玄関扉の鍵《かぎ》を内側から閉める。回れ右をした佳寿は、「チャンス到来!」とつぶやいてほくそ笑んだ。

依吹の帰宅は、予定では二十二時。これからの一時間は、屋敷に佳寿一人だ。思う存分に家探しをすることができる。

「それらしいのは、納戸にあった金庫と、依吹くんの私室……だよなぁ」

掃除をしながらチェックを入れておいたのだが、ストーブなどの季節品や使っていない家具が仕舞われている納戸の隅に、大きな金庫が置かれていた。

大切な物を保管するのなら、あの金庫か依吹自身の私室だろう。

「まずは、金庫……って、暗証番号がわからないと開かないか？」

当然のことながら、金庫には厳重にロックが施されているはずだ。闇雲に鍵を回したところで、開くわけがないか……と思いつつ、ひとまず納戸に向かう。

電気を灯して、雑多に置かれた簞笥やら衣装ケースのあいだを抜け、奥まったところにある黒い金庫の前に立った。

一メートル四方の、大きな金庫だ。重量は予測さえ不可能で、金庫ごと持ち出すのは絶対に無理だと試すまでもなくわかる。

「うーん……お決まりのセリフがあったよな。確か、『開けゴマ！』……なーんちゃって」

呪文《じゅもん》を唱えつつ、なにげなく取っ手を摑んで引っ張った。すると、拍子抜けすることに音もなく分厚い扉が開く。

あまりのことに驚いた佳寿は、摑んでいた取っ手から慌てて手を離した。

「え……えっ、なんでっっ？　いいのかよっ」

自分で開けておいて、いいのかもなにもあったものではないが、つい間の抜けた言葉がこぼれてしまう。

術で鍵を解除したわけではない。妖術が未熟な佳寿では、そんな高等な術は使えないのだから。

さて、どうするか。目をしばたたかせた佳寿は、金庫の前にしゃがみ込んで恐る恐る中を覗いた。

「罠《わな》……とか？」

背後を振り返ったり、キョロキョロ視線を廻らせたり……身の回りに警戒してみても、なにも起こらない。

ただ、こうして見る限り金庫の中にあるのは書類の束のみだ。金庫から連想する、貴金属やら現金らしきものは一つもない。

「コレだけか」

ポツリとつぶやき、何気なく書類らしきものに手を伸ばす。

この紙束の下に、『筆』が隠されている……なんてことは、ないか？

「ただの、紙……うわっっ！」

佳寿の指先が紙の端に触れた瞬間、書類の束だと思っていたものが音もなく黒い煙に包ま

れた。

驚愕《きょうがく》の声を上げて手を引いた佳寿の目前で、つい先ほどまで書類だったものが枯れ葉へと姿を変える。

「じ、術……？」

金庫の中に、重要書類を収めてある……という、フェイクが仕掛けられていたようだ。

佳寿は床の上に尻もちをついたままの体勢で、ドキドキする心臓の上に手を置いて深く息をついた。

あっさりと金庫が開いたように見せかけておいて、肩透かしか。性格の悪い、狐らしいやり方だ。

当然のことながら、一筋縄ではいきそうにない。

「金庫じゃないなら、自分の部屋かなぁ」

やはり、依吹の私室だろうか。大切なものは、目の届くところに置くのが一番安心できるだろうし。

そろりと金庫の扉を閉めた佳寿は、納戸の電気を消して廊下に出た。依吹の部屋へ足を向けたところで、車庫のほうから物音が聞こえてくる。

「えっ、もう帰ってきた？」

予定では二十二時と言っていたのだが、三十分も早く帰宅したのだろうか。

動揺した佳寿は、意味もなく廊下をうろうろする。身の置き所を迷っているうちに、車庫と繋がっている扉の開閉する音が聞こえてきた。

ギシギシと廊下の床板を踏む音が近づいてきて、角を曲がり……ピタリと止まる。

「……佳寿？」

「お、お帰り依吹くんっ」

訝しげな声で名前を呼ばれた佳寿は、依吹を見上げて誤魔化し笑いを浮かべた。

少しばかり引き攣っているかもしれないけれど、背中を向けて逃げるよりは怪しくないはずだ。

「廊下でなにをしている？」

「車庫で音がしたから、依吹くんが帰ってきたのかと思って……迎えに行こうとしていたところ」

苦しい言い訳だ。

自分でもそう思いながら答えた佳寿を、依吹は無言で見下ろしている。なにか考えていたようだが、ポツリと口にした。

「まるで犬ころだな」

端整な容貌は、無表情だと冷たい印象で……鋭い目に、なにもかも見透かされているみたいで。

立ちすくむ佳寿の背中を、冷たい汗が伝った。

「晩酌……の前に、風呂に入る。サマースーツとはいえ、夏場にスーツなんざ着るもんじゃねーなぁ。ったく、柔軟性に欠ける頭が骨董品《こっとうひん》レベルのジジイは、クールビズを受け入れられねぇから」

ブツブツと口汚くぼやいた依吹は、

「腹黒いジジイ共との飯は、食った気になれん。なにかあるか？」

と続けて、佳寿を見下ろす。

「初江さんが、夜食を用意してくれてる」

「冷酒を用意しろ」

依吹は無表情のままそう言い残し、持っていた書類ケースとスーツの上着、ネクタイを佳寿に押しつけて浴室へ向かう。

依吹の気配が完全になくなってから、全身の緊張を解いた。

「おれの態度、変に思われたかな」

ただ、詰問されなかったのは幸いだった。

狐、特に直系である依吹の能力の全容は未だにわからないけれど、少なくとも佳寿よりは優れているはずで……依吹がその気になれば、佳寿が隠し事をすることなどできないに違いない。

でも、それならどうしてこうして屋敷内に入れているのか。佳寿が苦し紛れに口にした『好き』を逆手に取り、小間使いとしてこき使っている……というスタンスだけれど、それを信じていいものか……謎だ。

本当に雑用係が欲しかっただけか、

「もしかして、どうせおれなんかにたいしたことはできないだろうって、バカにされてるのかな」

としか、思えない。

最後の一言をポツリと口にした佳寿は、当然のように押しつけられた依吹の上着や種類ケースを握りしめて、むむ……と眉をひそめた。

愉快な気分ではないが、そうして侮られているのなら好都合だ。甘く見たことを、後悔すればいい。

そう自分に言い聞かせることで、眉間のシワを解いた。

「おい、酒」

「ハイハイ」

偉そうに命じられて、ガラス製の徳利《とつくり》を手に持つ。依吹が差し出した切子ガラスのお猪口《ちよこ》に透明の酒を注ぎ、チラリと横顔を目に映した。

渋い紺色の浴衣に身を包んだ依吹は、スーツ姿の時とは少し雰囲気が違う。髪や瞳の色素が淡いこともあって、洋装だと外国映画に出てもおかしくないほど日本人離れした感じだった。

それなのに、和装でも不思議なくらい違和感はない。美形は、どんな格好でも様になるということか。

淡い萌黄《もえぎ》色の浴衣を着ている佳寿は、依吹のような『大人の男の色気』など間違っても演出できない。

これは、そう……縁日の子供みたいだ。

「今日は、なにをしていた?」

お猪口に口をつけて一気に飲み干した依吹は、佳寿に目を向けることなく淡々とした口調で尋ねてくる。

今度は、催促される前に空になったお猪口へ徳利の冷酒を注ぎながら、聞かれたことに答えた。

「……別に、変わったことはなにもしてない。廊下の拭き掃除と、電球を換えたのと……鯉の餌やり」

「ふ……ん」

そちらから尋ねておきながら、気のない相づちだ。空になった徳利を漆塗りの盆に置いて、依吹を見上げた。

あちらも、ちょうど佳寿に視線を移したところだったらしく、まともに視線が絡む。

ジッと見据えられて、ぎこちなく目を逸らした。

依吹の目は、苦手だ。狸族の中には、こんなに色素の薄い瞳を持っている仲間はいなかった。

不思議な色彩は、琥珀《こはく》みたいで……ジッと視線を合わせていると、頭がクラクラして吸い込まれてしまいそうになる。

これも、狐の妖力だろうか。

ジロジロと佳寿を見ていた依吹は、ふんと鼻で笑って口を開いた。

「どん臭いから、簡単な雑用程度で一日が終わるんだな」

「……とろくて悪かったなっ！」

依吹は、ポメラニアンに化けていた時は不思議なくらい優しかったのに、佳寿にはものすごく意地悪だ。

聞き流すことができず反射的に言い返した佳寿に、「狸は単純だな」と言いながら肩を震わせている。

「この家、無駄に広いんだから仕方ないだろっ。依吹くんしか住んでないのに……迷路みたいだ」

ぶちぶちと言い訳を口にした佳寿に、笑みを引っ込めて答える。

「両親は隠居して海外暮らしだ。引っ越してもいいが、誰も住まないと家は荒れるからな。それに、屋敷を守らないと眷属《けんぞく》のジジイがうるさい」

「……眷属って、狐の？」

恐る恐る聞き返した佳寿を、依吹はジロリと睨みつけてきた。踏み込みすぎたかと唇を噤むと、唇の端をわずかに吊り上げて言葉を続ける。

「俺が隙を見せたら、罠に陥れようとか蹴落とそうと待ち構えている連中が、うようよしている。ヤツらの思い通りになるのは業腹だ」

隙を見せたら、蹴落とそうとしている。

そんな言葉に驚いた佳寿は、目をしばたたかせて依吹に聞き返した。

「でも、同族……仲間なんだよね？」

「同族ではあっても、仲間とは言えんな。俺が直系の証を有しているから仕方なく眷属という立場に収まっていても、望んで従っているわけではない。屋敷にも企業のトップにも居座って、若造が……などと陰で負け惜しみをこぼすヤツらに、能力で劣っていることを思い知らせてやる」

淡々と言い放って冷酷な微笑を滲ませる依吹は、佳寿が物心つく頃から聞かされ続けてきた『狐』像そのままだった。

でも、今の佳寿が感じているのは、得体の知れない『狐』という存在に抱いていた恐れではない。

仲間ではないと言い切り、障子越しに庭を眺める依吹の横顔が、どことなく淋《さび》しげなせいだろうか。

だって、自分たち『狸族』には考えられない。佳寿たち狸族は、日々協力して生活している。

誰かが困っていたら躊躇うことなく手を差し伸べるし、週に一度は会合と称した宴会をして親交を深めている。『ポン太印《たじるし》』というブランド名で全国に出荷するみかん栽培も、助け合いで成り立っているのだ。

依吹の言い方だと、同族なのに敵を語っているみたいだ。

そう思った途端、なんとも形容し難い淋しさが身体の奥底から湧いてきた。

「依吹くん、独りぼっちみたいだ」

佳寿は、思ったままをポツリと口にした。直後、窓の人を眺めていた依吹がこちらに顔を向ける。

「ああ? なんだ、その憐《あわ》れむみたいな言い方。そのほうが気楽だろうが。心配しなくても、暇潰しの遊び相手には不自由してねぇよ」

不快だと隠そうともしない、顔と声だ。

暇潰しの遊び相手、という言葉に佳寿は郷の幼馴染みを思い浮かべた。依吹にも、気を許せる幼馴染みがいるのだろうか。

「狐の、友達……ってこと？」

依吹は、唖然とした目で佳寿を見やった。目が合った途端、呆気に取られたことを隠すようにグッと眉を寄せる。

「お子様め。まぁ、トモダチだな。セックスフレンド……一夜限りの、後腐れのない女。この顔と身体、神代の財布を目当てに、掃いて捨てるほど寄ってくる」

「セッ……い、一夜限りの」

当然のように『一夜限りの女』と聞かされた佳寿は、口ごもってうつむいた。なんだろう。心臓が、変にドキドキしている。

今の自分は、依吹の言葉のどこに衝撃を受けたのだろう。

淡々とした冷たい口調で、生々しい『一夜の相手』を語られたせい……？　同じ年頃の友人と比べても奥手で、小学校に上がってからは女の子と手を繋いだこともない佳寿では、考えられない。

だいたい、それでは独りぼっちの解決になんかならないと依吹自身が自覚していないらしいのは、やはり『淋しい』のでは。

なにを言えばいいのかわからず、唇を噛んでジッと畳を凝視する。

「なんだ、お子様な狸には理解できねーか？」

「子供じゃないよっ」

あからさまにバカにした調子での『お子様』という単語に、パッと顔を上げて言い返した。

こうして脊髄《せきずい》反射をするから、兄たちに「やっぱりお子様だ」と笑われるのだとわかっているのに、依吹相手でも同じことをしてしまった。

「へぇ？　そういやおまえ、俺に惚れたとか言ってたな。じゃあ、おこがましくも女に嫉妬《しっと》か？」

依吹は、ニヤニヤと意地の悪い笑みを浮かべながら、佳寿の顔を覗き込んでくる。

そういうわけではないと、わかっていながらからかっているのだと色素の薄い目が語っていた。

ここで否定すれば、「子狸め」と鼻で笑うのだろう。

悔しい。確かに、依吹より十も年下で……経験値など比べようもなくて、異性にモテるわけでもない。

でも、露骨に子供扱いされるのは面白くない。

「……うん、って言ったら？」

静かに口にしながら、チラリと依吹を見上げた。視線が絡み……依吹が意地の悪い笑みを浮かべる。

「ふーん？」

嫌ぁな笑みを滲ませたまま、佳寿の顔を覗き込んでくる。右手が伸びてきて、指の腹で頬をつかれて……ビクッと肩を震わせた。

目を逸らしたら、負けだ。

でも……空気が急に重くなったみたいで、なんとなく息苦しい。琥珀色の瞳にジッと見られていると、頭の中がぼんやりしてくる。

これは、狐の……術？

「よく見れば、なかなか愛嬌があるじゃねーか。どんぐりみたいなグリグリの目ぇ、見開いて……」

身体を硬くする佳寿を見詰めて意地の悪い薄笑いを浮かべたまま、淡々とした声でそう口にする。

端整な顔が近づいてきて、ますます肩に力が入った。

「狸臭くもねーし」

クンクンと喉元を匂いながら言い放った依吹に、グッと眉をひそめた。今の一言は、聞き捨てならない。

「狸臭い、ってなんだよっ。ちゃんと毎日風呂に入ってるんだから！」

慌てて身体を逃しながら、勢いよく言い返す。でもまさか、獣臭いのだろうかと心配になってきて……思わず自分の腕の匂いを嗅《か》いだ。

右腕、左腕……ついでに、浴衣の合わせを割って覗いている両膝。

依吹と入れ替わりに、入浴したばかりなのだ。石けんの匂いはするけれど、獣臭くはないと思う。

神妙な顔で自分の匂いを嗅いでいた佳寿は、依吹が顔を背けて肩を震わせていることに気がついた。

なにかと思えば……。

「っ、おまえ……バカ正直」

そんな失礼極まりない一言をつぶやき、本格的に笑い始める。どうやら、からかわれていたらしい。

「からかったなっ」

「ッ、ククク……今まで俺の周りにいなかったタイプだ。面白い」

佳寿が憤慨しても、腹を抱えて笑い続けている。

意地悪なところはあるけれどクールな美形だと思っていたのに、手放しに笑う姿を見せられて、怒りが鎮まってしまった。

「依吹くんて、笑い上戸？　もしかして、酔っぱらってる？」

「笑い上戸だなんて言われたのは初めてだな。だいたい、一合や二合の酒で酔うか」

心外だ、という顔で睨まれて「だって……」と口をもごもごさせる。

ようやく笑いが収まったらしい依吹は、

「あー……笑った笑った。暑いな。外の空気を入れるか」

と言いながら、障子と窓を開けた。

室内はクーラーが効いている。今夜も熱帯夜なのだから、窓を開けたりしたら熱気を取り入れるだけでかえって暑くなるのではないかと思ったけれど、そよそよ吹き込んでくる自然の風は心地いい。

風から清涼感のある匂いがするのは、広大な庭に芝生が敷かれ、手入れの行き届いた木々が茂っているせいだろうか。

野山に囲まれた郷の空気とは比べようもないが、駅で気分が悪くなったことを思えば、この空気はずっと馴染む。

ただ、『狐』の本拠地でこんなふうに和む自分は、やはり緊張感に欠けると怒られても仕方がないか。

「上弦の月だな」

依吹の言葉につられて、佳寿も夜空を見上げる。雲一つない夜空に、細い三日月がハッキり見て取れた。

目に見える星の数は違うけれど、月は、都会でも郷でも……同じだ。

郷のみんなは、どうしているだろう。佳寿が郷を出てから、少しでも雨が降ったのだろうか。川から水を汲み上げるのはポンプを使っても重労働なのだから、年寄りばかりの農家は大変なはず。

山の斜面に生い茂るみかん畑を思い浮かべながら、ぼんやりと夜空を見上げていたけれど、ふと横顔に視線を感じて隣に目を向けた。

隣にいる依吹が、ジッとこちらを見ている……？　しかも、無言だ。

なんとも形容し難い息苦しさを覚えた佳寿は、依吹と視線を絡ませて「なに？」と首を傾げた。

どことなく神妙な表情で佳寿を眺めていた依吹だが、わずかに眉間に縦ジワを刻んで口を開いた。

「なぁ、狸」

「……おれは、狸って名前じゃない」

腕組みをした佳寿は、「ふん」と顔を背ける。依吹が狐だから、というわけではないと思うが、種族名で呼ばれるのは嬉しくない。

小さなため息が聞こえてきて、依吹が再び言葉を発した。

「佳寿。尻尾、出せ」

「はぁ？　なんでっっ？　ヤダよ！」

意外とすんなりと言い直された名前に続いたのは、予想もしていなかった言葉だった。

背けていた顔をパッと戻して、依吹と顔を突き合わせる。

今、確かに尻尾を出せと言ったよな？

「ケチケチするな」

「ケチとか、そういう問題じゃないっ」

理由もなく尻尾を出せと言われて、「ハイ」と言いなりになれるわけがない。

唐突にそんなことを言い出した依吹が、なにを考えているのかわからなくて、ジリジリと畳の上で後ずさりをした。

「狸は初めて見たと言っただろう。どんなものか、興味深い」

「だからって、なんで尻尾……っ」

「たった今、興味があると言ったはずだが。頭が悪いのか？」

眉間のシワを深くして、ポンポンと片手で頭を叩かれる。呆れたような顔だ。

依吹に、頭が悪い呼ばわりされる謂れはない。

「ヤダ。狐に尻尾を見せる、っていうか……正体を知られたら、毛皮を剝いでひどいことをされるって聞いてる」

「俺は、おまえの正体なんてとっくに知っているぞ。尻尾や耳も、すでに見てるだろうが。毛皮を剝ぐ気なら、あの場で実行してる。それに防寒着の乏しかった大昔ならともかく、現代では狸の毛皮にたいした価値はねーだろ」

「……ッッ」

カーッと顔面が熱くなった。いちいち、失礼な男だ。

確かに、現代では狸の毛皮にたいした価値はないかもしれない。フォックスだとか呼ばれる狐の毛皮は、高価だと知っているが。

……そんな部分でも『狐』との格の違いを見せつけられるみたいだ。

憤慨する佳寿が、口をパクパクするだけで言い返せないのは、理路整然とした依吹の言い分が間違っていないとわかっているからで……地団駄を踏みたくなる。

無言で視線を鋭くする佳寿に、依吹は止《とど》めの一言を投げつけてきた。

「おまえ、俺に惚れてるんだよな？　それっくらい、お安い御用だろ」

「ううう……わかったよっ！　出せばいいんだろ」

巧みな言い逃れを思いつかない佳寿の負けだ。

依吹がなにを考えているのかわからないのは不気味だが、一度見られているのは確かで……危害を加えるつもりなら、あの時だけでなくこの五日ほどのあいだにも、チャンスはいくらでもあった。

依吹に惚れているという嘘に説得力を持たせるためなら、尻尾を見せるくらいお安い御用だ。

不本意ではあるけれど、そう自分に言い聞かせて勢いよく立ち上がり、瞼を伏せた。

未熟な佳寿は、月の力が弱い新月や三日月の夜は高等な化け術を使えない。

ただ、完全に姿を変えるのではなく、本来の姿である狸の一端……尻尾や耳を変化させるだけなら、さほど気合いを入れることなく簡単にできる。

「…………」

深呼吸を数回。耳の変化術と、人間の姿になっている時は隠してある尻尾の封印を解くだけだ。

抑えていたものを解き放つ開放感と共に、伏せていた瞼を開いた

「これでいい？」

人の姿を取っている時よりも聴覚が鋭くなり、尾骨の付近がムズムズする。畳に座ったままの依吹を見下ろす佳寿は、ふて腐れた顔になっているはずだ。

父や祖父、兄に宿敵である『狐』の言いなりになって耳や尻尾をさらしたと、なにがあっても知られないようにしなければ。

怒られるか、嘆かれるか、呆れて言葉を失うか。

……どんな反応をするか、想像もつかない。

「それじゃ尻尾が見えねーぞ」

傲慢《ごうまん》な物言いで背中を向けろと要求されて、グッと反論を飲み込む。唇を引き結んだ佳寿は、無言で回れ右をした。

直後。

「ひぎゃ！」

素《す》っ頓狂《とんきょう》な声を上げて、慌てて身体の向きを変える。耳や尻尾の毛だけでなく、全身の産毛まで逆立っているのがわかった。

「いきなり、なにするんだよっ！」

依吹を睨み下ろしながら、背中側に両手を回して尻尾を押さえた。

了解も得ずに尻尾を鷲摑みにするなんて……失礼極まりない。これほど無造作に他人に触られたのなんか、子供の頃以来だ。

「断りもなく尻尾を摑むなんて、ひどいっ！　依吹くんの横暴者っ。エッチ！」

思うまま苦情をぶつけながら目を吊り上げて怒る佳寿に、片膝を立てて座っている依吹はヒラヒラと右手を振る。

「あー……悪かった悪かった。そんなに怒るな」

おざなりな謝罪だ。間違いなく、心から悪かったとは思っていない。

それだけでも腹立たしいのに、依吹はシレッとした顔と口調で続ける。

「惚れた相手に触られるんだから、嬉しいだろー。女なんか、もっと触ってくれって身をすり寄せてくるぞ」

「い、依吹くんがどんな女の人とつき合ってきたのか知らないけど、おれを一緒にするなっ！　こんな触られ方、嬉しくないよっ！」

依吹に触れられたいと、自ら身体を寄せるという女の人がいると言うのは、きっと嘘ではない。

でも依吹は、佳寿の尻尾を握った時みたいに雑な触り方なんてしないはずだ。もっと、優しく触れるだろう。

そもそも、そうして依吹の好きなようにさせる人ばかり周りにいたから、これほど意地悪なのだ。

ぐるぐる……いろんなものが頭の中を渦巻く。自分が、なにに憤っているのかわからなくなってきた。

「泣きそうな顔をするな」

「依吹くんが尻尾をギュッと握るから、勝手に出てきたんだよ。泣くもんかっ」

「悪かったって。こっちに寄れ」

苦笑を滲ませた依吹は、ちょいちょいと佳寿を手招きする。

油断させておいて、またひどいことをするのでは。そんな警戒心が解けなくて、佳寿は立ち尽くしたまま依吹を見下ろした。

「ったく、強情だな」

チッと舌打ちをした依吹は、少しだけ身体を浮かせて佳寿に手を伸ばしてきた。手首を摑まれて、抗えない強さで引っ張られる。

「わっっ！」

バランスを崩した佳寿は、勢い余って依吹の胸元に身を投げ出す形で崩れ落ちた。そうして佳寿が体当たりをしても、依吹はビクともしない。

「んー……いい手触りだなぁ」

依吹は、逃げられないように片手で佳寿の背中を抱き込み、もう片方の手でさわさわと尻尾を撫でる。

乱雑に摑まれるのは痛かったが、指先で毛のつけ根を探られるのはむず痒《がゆ》い。

「うわ、ちょ……っっ、くすぐったいっ。くすぐったいってば！」

文句を言いながら身をよじっても、依吹は佳寿を抱き込む手を離してくれない。

解放してくれるどころか、逃がすものか、と言わんばかりに背中に回されている手に力が増す。

「ジタバタするんじゃない。文句の多いヤツだ」

「だ、だって。うわわ、わ……ぁ」

尻尾の根元あたりを絶妙な力加減で握りながら、耳に軽く歯を立てられた。なんとも形容し難い感覚が駆け抜け、ゾクゾクと背筋を震わせる。

耳を齧《かじ》られたのなんて、初めてだ。

「う……う」

依吹の意図が読めず、全身を硬直させた。

動きを止めた佳寿をどう思ったのか、依吹は片手で尻尾を掴んだままガジガジと耳を噛み続けている。

「ゃ、ヤダヤダ。耳、噛み千切る気っ?」

依吹の肩口に頭を押しつけたまま、耳を震わせる。

これまで、依吹に『狐』らしい凶暴性を感じたことはなかったけれど、その気になれば佳寿の耳を食い千切ることもできるはずだ。

声に隠し切れない怯《おび》えが滲んでいたのか、唐突に耳が解放された。

「失敬な。猛獣呼ばわりするな。そもそも、俺は美食家だ。どう見てもおいしそうじゃない狸の耳など、食わん」

「だ、だって……噛むから」

呆れたような声に、恐る恐る顔を上げる。

佳寿と至近距離で視線を絡ませた依吹は、目を細めてほんの少し眉を寄せた。

「泣くほど怖かったか?」

そう言いながら、端整な顔を寄せてくる。

ペロリと目尻を舐められて、泣くつもりなどなかったのに涙目になっていたらしいと初めて自覚した。

「嚙む意味は、攻撃だけじゃないだろ」

「ほ、他になにが?」

「なんだと思う?」

質問に質問で返されてしまい、思案した。

難しい顔をしているであろう佳寿を、依吹は薄《う》っすらとした笑みを浮かべながら見ている。

……逃れられないよう、尻尾を摑んだまま。

嚙む意味……理由。相手は、狐族の依吹だ。幼馴染みたちのように、ジャレて甘嚙みをしていたとは思えない。

これまで、佳寿が両親や兄に嚙みつかれた際のシチュエーションを思い出せば、残された可能性は一つ。

「悪いことをした、お仕置き……とか」

ぽつんと答えた直後、依吹は「ぶはっ」と噴き出した。顔を横に向けて肩を震わせ、……笑っている?

ひとしきり笑った依吹は、唐突に摑んでいた尻尾から手を離した。

「お子様め。バカなおまえのおかげで、和んだ。……寝る」

「え……えっっ」

戸惑う佳寿の背中を軽く叩くと、寝るという一言を残して布団に転がる。頭の下で両手を組み、ポカンと畳に座り込んでいる佳寿を見上げた。

「なんだ、触られ足りないか？」

視線が尻尾に向けられて、慌てて身体の後ろに隠す。せっかく離されたのに、また摑まれてはたまらない。

「い……、もう充分っ！　おやすみなさい」

廊下を挟んだ向かい側に与えられている自室に戻ろうと、すっくと立ち上がった佳寿に、依吹は寝転がったまま「おい」と呼びかけてきた。

「窓を閉めて、ついでに電気を消していけ」

「わかりましたっ」

人遣いが荒い。

そう思いつつ、勢いよく窓と障子を閉める。

依吹の部屋の電気を消して廊下に出ると、ピッタリと閉じた襖に背中を預けて大きく息をついた。

依吹に摑まれた尻尾が、まだジンジンしているみたいだ。噛まれた耳も……なんとなく、ムズムズする。

「もう一回、お風呂に入ろ」

手で払っても余韻が消えてくれなくて、耳と尻尾を震わせた佳寿は大股で浴室へと足を向けた。

……結局今日も、『狐の尾筆』の在り処さえ突き止められなかった。

《六》

依吹の一日は規則正しい。

起床は六時。朝食を済ませると、夏場なのに涼しげな顔でスーツを身につけて会社へ行き、接待やら会議やらがなければ十九時前後に帰宅する。

初江が用意した夕食を食べると、自室に戻ってパソコンに向かう。どうやら、自宅でまで仕事をしているようだ。

そのあいだ、佳寿はといえば……広大な神代の屋敷内の掃除をしたり初江の買い物につき合ったりしているうちに、日が暮れる。

二十三時、入浴を終えた依吹のもとへ酒とツマミを持っていき、酌をするというのが一日の締めくくりだ。

「依吹くん、お酒持ってきた」

廊下から襖越しに声をかけると、低く「入れ」と応《いら》えがある。片手で盆を持ったまま、襖を開いた。

その途端、すぅっと空気が動く。

閉め切ってクーラーをかけているのではなく、浴衣姿の依吹が、窓を開け放して外を眺めていた。

「……暑くない？」

「昼間、嫌ってほどクーラー漬けになってるからな」

それは、暑くないかという質問の答えになっていないのでは。

チラリと思った佳寿だが、口で依吹に勝てないことはわかっているので、喉元まで込み上げてきていた言葉を呑み込んだ。

「佳寿」

無表情の依吹は、部屋に一歩足を踏み入れたところで立ち止まっている佳寿を目にして、手招きする。

盆を手に部屋に入り、依吹の脇に座り込んだ。徳利を手にしようとしたところで、依吹に制止される。

「その前に、尻尾」

「うぅ……またぁ？」

依吹はなにが楽しいのか、佳寿に尻尾を出させてはいじり倒すのだ。今では晩酌とセットになっていて、飽きないのか不思議になる。

佳寿が渋っても、

「触ってやるんだよ」

と、最初の「依吹が好きだ」という言葉を逆手に取られては、拒めない。

ふぅとため息をついた佳寿は、尻尾と耳の封印を解いて依吹に向き直った。

当然のように佳寿の尻尾を握った依吹は、ゆるく眉を寄せて難しい顔をすると、短くつぶやく。

「酒」

「はぁい」

今度こそ徳利を手に持ち、依吹の手元にあるお猪口へと注いだ。

依吹は左手で佳寿の尻尾をいじりながら、無言でお猪口を口元へ運ぶ。二杯、三杯……と立て続けに喉へ流し、ようやく眉間のシワを解いた。

依吹がこんな顔をするのは、会社でなにかあった時だ。

自分のことをほとんど語らない依吹から聞いたわけではないけれど、『狐族』にとって同族とはだからといって必ずしも味方ではない……むしろ、陣地に敵を入れているようなものだと、言葉の端々から伝わってくる。

同族が重役の多くを占める会社でも、四面楚歌《そか》という状態らしい。

周りが信頼できる仲間ばかりの佳寿にしてみれば、同族の中にいるからこそ孤独な依吹が、なんとも淋しい。

「狸ってヤツは、みんなこういう尾をしているのか？」

佳寿の尻尾を軽く握りながら、ボソッと尋ねてきた。

依吹から直接聞いたわけではないが、どうやら佳寿の尾の手触りがお気に入りらしい。

いつもこうしていじっているうちに、依吹の纏う険しいオーラが少しずつ和らいでいくのを感じる。

「みんな、同じってわけじゃない。毛足が長かったり、短かったり……色合いにも個性があるし……狐族も、だろ？」

「さぁな。他のヤツの尾を見ることなんか、ないからな」

「って、化かし合いごっことか、小っちゃい時に同族の子としなかった？」

少なくとも佳寿たち『狸族』は、そうして同族の子供との遊びの中で化け術を学んでいった。

佳寿はいくつになっても下手くそで、ランドセルに化けたつもりが尻尾を仕舞い忘れていたり、本来の狸姿に戻った直後に通りかかった野良猫に追いかけられて逃げ惑う羽目になったりして、幼馴染みたちから笑い者にされていたのだが。

依吹は露骨に嫌そうな顔で、

「狸と違って、同族という理由で馴れ合ったりしねぇよ」

そんなふうに吐き捨てる。

佳寿にしてみれば、馴れ合うのと仲良くするのは意味が違うと思うのだが……依吹には、同じようなものらしい。

「そういえば玄関先の電灯が、明るくなっていたな」

ふと、帰宅した時のことを思い出したのだろうか。

唐突な言葉に、佳寿は目をしばたたかせてうなずく。

「あ、うん。切れる前に換えたほうがいいと思って。初江さんに脚立を押さえてもらったんだけど、俺の手つきが危なっかしかったのか途中で初江さんが代わるって言い出して……説得するのが大変だった」

馴れない脚立の上でふらふらする佳寿は、よほど頼りなく見えたのだろう。見かねたらしく、「佳寿さん、私が代わりに」と腕まくりをする初江を、必死で押し止めた。

格好悪いなぁ……と渋い顔をした佳寿に、依吹は「想像がつく」と失礼な言葉を口にして微笑を浮かべた。

「どうせ、おれは不器用ですよーだ」

唇を尖らせてそっぽを向くと、依吹が低くつぶやくのが聞こえてくる。

「狸ってヤツは、もっとバカで……享楽的な怠け者だと聞いていたが」

が、の続きは……なんだろう?

飲み込んだ言葉が気になり、背けていた顔をそろっと戻す。目が合った佳寿に、依吹は仏頂面で吐き捨てた。

「不器用だな。ああ……化けるのも下手だったか?」

「うぅ……そんなことない、って言い返せないのが悔しい。やっぱり狐族は、意地悪なんだ」

「……やっぱり? おまえは、俺たちをどんなふうに聞かされている?」

佳寿たち狸族のあいだで自分たちがどう語られているのか、興味を引かれたらしい。これまではどうでもよさそうな顔をしていたのだが、初めて尋ねてきた。

「それは……怒るから言わない」

「怒らないから、言ってみろ」

ポツリとつぶやいた言葉に即座に返されて、疑いの眼差しを向ける。

依吹は佳寿の尻尾を指先で撫でながら、「グズグズするな、のろま」と失敬な言葉を投げつけてくる。握った尻尾を引っ張ることで返事を促されて、「イテテ……」と涙目になった佳寿は、仕方なく口を開いた。

「狐は、狡賢《ずるがしこ》くて……冷酷で、ともかく性格が悪いって。後、故郷を追われる原因となったから、おれたちを逆恨みしてる……とか。復讐《ふくしゅう》の機会を窺っているはずだから、近づくなって聞かされてきた」

人を魅了するため見目麗しい、という外見的な特徴のことは、本人を前にして口にすることに躊躇った。

依吹に、実際に逢《あ》ってみてどう思った？　と聞き返されて肯定するのは、なんとなく悔しいから……。意地が悪いと唇を尖らせていても、やはり依吹はキレイだ。

「ふーん？　まぁ、概《おおむ》ね間違っていない。ただ、最後の一つは、俺からすればどうでもいいことだ。大昔の祖先が田舎を追い出されたからといって、恨んじゃいねーよ。今の暮らしは悪くない」

それは……負け惜しみではなく、事実だろう。

佳寿は田舎で農業を営む自分たちの暮らしを嫌だと思ったことはないが、都会に出ることを夢見ている年若い同族も多い。

「だいたい、四国を追い出されたことで恨むなら、狸じゃなくて弘法のほうだろ」

「おれたちもそう思うけど、ご先祖様は『狐は性格が悪いから、刃向っても敵《かな》わない弘法様じゃなくて狸族を恨んでいる』って……」

「はっ、見くびられたものだな」

短く吐き捨てた依吹は、摑んでいた佳寿の尻尾から手を離した。

恐る恐る横顔を見遣ると、わずかに眉間にシワを寄せているのがわかる。

月光に照らし出された端整な依吹の横顔に漂うのは、不快感というよりもどこか傷ついているみたいな空気で……。

「あの、さ。おれは、依吹くんのこと……そんなふうに思ってないよ。兄貴たちも実際の狐族のことを知ったら、きっと考えが変わる」

佳寿は、耳と尻尾を震わせながら畳に両手をついて依吹を見上げると、言い訳じみた言葉を告げた。

確かに依吹は、佳寿に『どんくさい』とか『頭が悪い』とか、意地悪なことを言う。容赦なく尻尾を引っ張ったり、耳を摘まんだりされるのは……少し嫌だけれど、蔑《さげす》まれていると感じたことはない。

佳寿と視線を絡ませている依吹は、無言で……不思議なものを目の当たりにしているみたいな顔をしていた。

ガラスのお猪口を右手に持ったまま動きを止めて、マジマジとこちらを見下ろしている。琥珀色の瞳に見つめられることに、なんとなく居心地の悪さを感じる。

これは、なんだろう。耳も尻尾も変にムズムズして、ジッとしていられない。

畳についていた手をギュッと握ったところで、ようやく依吹が口を開いた。

「おまえ、お人好《ひとよ》しっつーか……やっぱりバカだな」

「ひどっっ」

意地悪な言葉でも、依吹が話しかけてくれたことにホッとする。

　あのままジッと見られていたら、苦し紛れになにかとんでもないことを口走るのではないかと怖くなっていたのだ。

「バカだから、俺に惚れたなんて言い出すのか」

　クッ、と。かすかな笑みを漏らした依吹が、小さく口にする。

　その言葉に、胸の奥でなにかがパチンと弾けたような気がした佳寿は、ふるりと肩を震わせた。

「あ……」

「なんだ。どんぐりみたいな目ぇ、ますます見開いて」

「な、なんでも……な……い」

　怪訝な調子で尋ねられ、慌てて首を左右に振る。

　依吹が好き。

　神代の屋敷から、『狐の尾筆』を盗み出すという本来の目的を隠すために、そう……嘘をついた。

　重要な役割を忘れていたわけではない。ただ、佳寿に好かれていることを好ましく感じていないはずの依吹が『惚れている』云々と言い出すとは思わなくて、少し驚いただけだ。

　それだけ。胸の奥が、なんだかウズウズ……ズキズキすることに、他の理由なんてあるわけない。

った。

「妙な顔をして、どうした？」

「えっ、変っ？　そりゃ、確かにおれは不細工だけどっ……さ」

依吹をキレイだと再認識した直後だからか、たっぷりと実感のこもった言葉になってしまった。

佳寿は依吹以外の狐族を知らないけれど、狐族についての言い伝えにわざわざ『美形』と加えられていたことからして、ご先祖様も狐族を優美だと感じていたに違いない。

「卑屈な言い方をするな。能天気なおまえらしくない。あー……コイツは、そこそこ愛嬌があるぞ。悪くない」

佳寿が肩を落としたせいか、思いがけないことに依吹がフォローの言葉を口にする。

コイツ、と佳寿の耳や尻尾を指先でつつく依吹は、真顔だ。

「……見たい」

「ああ？」

「依吹くんの、尻尾とか耳。狐族の尻尾って、どんなものか見たことないから……狸族のとどんなふうに違うのか、知りたい」

この依吹が佳寿のために嘘をついているとは思えないが、愛嬌があると言われても単純に嬉しがることなどできない。

それに、依吹の尾や耳に興味があるというのは本音だった。

「図々しいな。同族でも、直系の俺の尾は、貴重なんだ。目にしたことのあるヤツは、ほとんどいないぞ」

「やっぱり……ダメ？」

「……チッ。まぁ、いい。狸に、なにができるってわけでもないだろうしな」

眉をひそめながら失礼なことを言った依吹は、佳寿の耳をピンと指先で弾いた。

ピルピルと耳を震わせて「イタイ」と苦情をつぶやいた佳寿に、フンと鼻を鳴らして顔を背ける。

「妖力の一端とはいえ、解放するのは久しぶりだな」

ポツリとつぶやいた依吹は、濃紺の浴衣を肩から落とした。着衣のままで尾を出すと窮屈になるせいか、腰のところまではだけて半裸になる。

佳寿は自分とは比べようもない肩幅と胸板の厚みを目の当たりにして、ぎこちなく目を逸らす。

心臓が、変だ。なんだか苦しい。

幼馴染みたちと水浴びをしても、太路が目の前で裸になっても……こんなふうにならない。それなのに、依吹の半裸を前にすると見てはいけないものを目にしているような気分になるのは、どうしてだろう。

「おい、佳寿。見たかったんじゃないのか？　せっかく出してやったのに……見ないなら引っ込めるぞ」

「見るよっっ」

引っ込めるという言葉に、慌てて顔を戻した。

依吹を視界に入れた途端、佳寿は目を見開いて言葉を失う。

かすかな月明かりを浴びた依吹は、全身からほんのりとした金色の光を放っているみたいだった。

頭上にピンと立った大きな三角形の耳は、色素の薄い依吹の髪と同じ色だ。ふわりと揺れる尾は、自分たち狸族のものより毛量が多く……全体的に大きい。触れるまでもなく、ふわふわした極上の手触りだろうと想像させる。

これが……『狐族』。

佳寿は、子供の頃から怖かったはずの『狐族』の……その象徴とも言えるものに見惚れた。目を奪われている理由は、恐怖ではなく美しさ故だ。

「おい、なにか言え」

「ぁ……ッ」

低く感想を求められ、呆けていた佳寿は我に返って目をしばたたかせた。

なにも考えられなくて、頭に浮かんだことをそのまま口にする。

「……すっごく、キレイだ」

「見え透いた、お世辞……ってわけじゃないみたいだな」

目を細めてそう言いかけていた依吹だが、佳寿と視線を絡ませると眉間のシワを解いて嘆息した。

眼差しに、隠し切れない称賛が滲んでいたに違いない。自分でも、目がキラキラしているのがわかる。

初めて目にした狐の耳や尾は……言葉を失うほど、美しかった。

「すごいねっ、キレイだねっっ。淡い金色で、大きくてふわんふわんで……触り心地も、いい？」

触りたい、と。目が正直に語っていたに違いない。

佳寿を見下ろす依吹は、眉間にシワを寄せて意地の悪い口調で尋ねてくる。

「触らせてくださいって、お願いするか？」

佳寿が、意地を張って否定するとでも思ったのだろうか。けれど佳寿は深く考えることなく、反射的にうなずいた。

「うん。お願いしたら、触らせてくれるっ？」

「いじめがいがねーなぁ。単純バカ」

呆れたような調子でバカと言われても、佳寿にしてみればこのキレイな尻尾を触らせてもらえるという魅力のほうが勝っていた。

「だって、本当に触ってみたいんだもん。……いい？」

おずおずと続けると、依吹はクッキリと眉間にシワを刻んで無言で佳寿を見た。

これまで以上に、意地の悪い言葉が降ってくるかと……キュッと唇を噛んで、身構えたけれど。

「……ほら」

そんな一言と共に、ふわりと目の前に尻尾を差し出された。

驚いて依吹を見上げる。依吹は、目が合った佳寿に、どことなく不機嫌そうな顔で「触りたいんじゃないのか？」と尋ねてきた。

「えっと……ありがと」

おずおずと口にして、そろりと手を伸ばした。

指先が、尾の先端に触れる。毛の感触が伝わってきた途端、遠慮を手放した。

そっと指先を潜り込ませた佳寿は、依吹が自分に触れる時のことを思い出して毛の奥深いところをくすぐる。

ふかふかの毛に指先が埋もれる感覚は、なんだか気持ちいい。

「珍しいものみたいに触るなぁ？　尻尾は、おまえも持ってるだろうが」

「そうだけど……違う。おれの尻尾、こんなに大きくない。依吹くんのほうが、毛が長くてふわふわで……触り心地がいい」

こんなに触感のいい尾があるのに、どうして佳寿のものに触れたがるのか不思議になるくらいだ。

見た目も、依吹の尾のほうが優美なのに……。

「お、おれのなんか……ごわごわだし、色もキレイじゃないよね」

依吹の尾を前にすると、なんとなく恥ずかしくなった。

うつむいた佳寿は、耳と尾を引っ込めようとしたけれど、依吹の手が伸びてくる方が早かった。

「ひゃあっ」

ギュッと尾を握られて、驚きのあまり奇声を発しながらビクッと毛を逆立たせる。

過剰反応に、依吹は肩を震わせて笑っている。

「おいおい、毛が逆立って尻尾が倍に膨らんだぞ。面白いなぁ。そんなに驚かなくてもいいだろ？」

「だ、だって……おれ、なんか恥ずかしいよ。依吹くんも、犬に化けたおれを不細工なポメって言ってたし」

化けるのが下手で恥ずかしい思いをしたことはあっても、こんなふうに外見的なことで羞《しゅう》恥《ち》を覚えるのは初めてだった。畳に視線を落としてもごもごと口にしていると、佳寿の尻尾を握る依吹の手に力が込められる。

「い、痛い……んだけど」

遠慮がちに、そっと文句を告げる。

生まれて初めて抱く、これは……劣等感というものか？

「勝手にキレイじゃないとか決め込んで、一人で落ち込むな。愉快なヤツだな」

「だ、だって」

ふるふると首を左右に振る佳寿を、依吹は不機嫌そうに睨みつけてきた。

容赦なく佳寿の尻尾を握りしめることで、佳寿に口を噤ませる。

「だってじゃない。俺は、一言も自分と比べておまえの尾が劣っているなどと言っていないだろう。だいたい、気に入らないものを好き好んでいじるか」

「……ん」

確かに、依吹だと……その通りか。意に沿わないことだと、こちらが懇願しても突っぱねると想像がつく。

「らしくなくしゅんとするほど、俺の尾はキレイか？」

「うん！　狐族って、みんな依吹くんみたいにキレイ？　それとも、依吹くんだけ特別なのかな？」

「俺は、直系の妖狐だからな。他の狐族だと、少し違うはずだ。見目も劣るし、妖力も低い。まぁ、俺も……先祖の妖狐みたいに、天候を操るほどの妖力はないが。人間との混血が進んだことの、弊害だな」

何気なく依吹の口から出た言葉に、ビクッと顔を上げた。

今、確かに『天候を操る』と言った……よな？

「なんだ？」

「狐族って、お天気までコントロールできる……んだ？」

狸族の佳寿に、本当のことを話してくれるかどうかはわからないけれど、恐る恐る尋ねてみる。

数十秒。ジッと佳寿を見ていた依吹は、「ふん」と鼻で笑って口を開いた。

「昔っから、茶釜に化けるくらいしか能のない狸には、無理な芸当だろうがな。我らの祖先は、雷雲を呼び、嵐《あらし》を起こすこともできたらしい。だからこそ、稲荷のように神格の存在にもなり得る。俺だと……まぁ、これくらいか」

そう言いながら、佳寿の目の前にガラスのお猪口を差し出した。なにかと思えば、空っぽだったお猪口が瞬きのあいだに水を湛《たた》える。

「え……えっ、なんで？　なに？」

思わず両手を伸ばして、ガラスのお猪口を手に取った。

佳寿が揺らしたせいで、たっぷりと入っていた水がこぼれて指を濡らす。

まやかしではなく、本物の水だ。クンクン嗅いでみても、特に変わった匂いがするわけではない。

なんで？　と連発しながら首を捻る佳寿に、依吹は苦笑を浮かべた。

「空気中の水蒸気を集めただけだ。満月の前後、妖力を全開にしたら夕立くらいは降らせることができるか」

やはり、狐族の妖力は自分たちよりはるかに上だ。

お猪口を凝視したまま絶句する佳寿に、依吹は追い打ちをかける。

「それ、飲んでみろ」

「えっ？……それって、これ？」

「ああ」

チラリと視線を向けた依吹は、佳寿が持っているお猪口を目に映して大きくうなずく。

そろりと鼻先に持ち上げて、至近距離で匂ってみても……無臭だ。佳寿がいくら一族の中では落ちこぼれでも、ただの人間よりは敏感な嗅覚をしている。水道の蛇口から出る水には、時おりカルキ臭を感じるのだが……それさえない。

害はなさそうだと判断して、グイッと喉に流した。

「う？　ケホッ！　ケホン！　な、なんでっっ？」

喉が焼けるような違和感に、お猪口を放り出して激しく噎せる。

口に入れるまでは水だったはずなのに……喉を通る時は、日本酒に変わっていた？

予想外としか言いようのない現象と、馴れない日本酒を一気飲みしてしまったこと。

我が身に振りかかったいろんな衝撃に、薄っすらと涙を滲ませて言葉もなくケホケホと空《から》咳《ぜき》を繰り返す。

「液体の変化は、騙しの基本だ。これくらいは、狸にもできるだろう?」

「で、でき……ると思うけど、爺《じい》ちゃんとか父さんとか、兄貴とか……力が強い一握りだけ。おれは、無理」

それも、『たぶん』だ。断言することはできなかった。

みんなに依吹みたいな妖力があれば、干上がった溜池に水を溜めることくらい可能だろう。なのに、雨乞いの神事を幾度となく執り行わなければならないのだから……やはり、狸族には狐族ほどの力がないと、認めざるを得ない。

「も、ダメ。ぐるぐるする……」

未成年の佳寿が酒を口にするのは、収穫祭の時や正月のお屠蘇《とそ》くらいで、それも舐める程度の量だ。馴れない酒のせいで、視界が回っている。身体を起こしていられなくなった佳寿は、パタリと畳の上に身体を横たえた。

目に映るのは、金色に輝く……優美な尻尾。

「ホントに、キレイだなぁ。ふわふわ……。これを見たら、みんなも『狐族』に対する評価を変えると思う……のに」

手を伸ばして、そっと尾の先っぽに触れる。逃げられるかと思ったけれど、依吹は佳寿に触らせてくれた。

頭上からは、抑揚の乏しい低い声が降ってくる。

「別に、狸どもにどう思われようと知ったことじゃない」

「でも……なんか、淋し……よ」

グルグルする視界に耐えられなくなって、目を閉じてつぶやいた。

指には、ふわふわ……極上の毛の感触が伝わってきて、なんとも心地いい。

依吹からの答えはなかったけれど、そっと耳に触れられたのはわかった。摘まんで、引っ張る……意地悪な触り方ではない。

壊れやすいものに触れているような、やんわりとした指は形容し難い安堵感のようなものを佳寿に与える。

家族や、幼馴染み……太路に対する気持ちとは、なにかが違う……これは、なに？

考えようとしても、うまく思考がまとまらない。

今は、もういいか。余計なことを考えるより、ふわふわした不思議な感覚に漂っていたい。

「ン……ん、気持ち、ぃ……い」

ムニャムニャと口を動かした佳寿は、いろんな心地よさに包まれて微睡に落ちた。

《七》

佳寿は、煌々《こうこう》とした光を放つ道端の公衆電話を目に留めて、駆け込んだ。走ると、ガサガサとビニールの擦れる音が響く。

扉を開け、受話器を持ち上げてコインを投入する。指が憶《おぼ》えている番号を急いで押して、呼び出し音に耳を澄ませた。

規則的に響いていた音がプツッと途切れて、

「……あ」

一言発した途端、勢い込んで名前を呼ばれる。

『佳寿かっっ？　おまえ、大丈夫なのか？　今日明日で連絡がなければ、神代の屋敷に乗り込もうと思っていたんだぞっ』

「だ、大丈夫。心配かけてごめん、太路ちゃん」

相変わらず心配性な太路の言葉に、苦笑を浮かべる。

もし太路が乗り込もうとしても、神代の屋敷は易々と侵入者を許さないと思うが。佳寿のように獰猛なドーベルマンに追いかけられるか、門のところのセキュリティに引っかかるのが先か……。

「なかなか、連絡する機会が見つけられなくて……お遣いに出たから、やっと電話ができたんだ」

屋敷内の電話を使えば、履歴が残ってしまう。まさか通話を録音したりはしていないと思うが、会話の内容が初江や依吹に漏れ聞こえてしまうかもしれない。

うっかり醤油を切らしたという初江の遣いで屋敷を出たことにより、ようやく太路に電話をすることができたのだ。

佳寿の言葉に、電話の向こうで太路が大きく息をつく。

『元気そうな声を聞いて、ちょっと安心した。狐の本拠地に乗り込んでまんまと騙せるなんて、すげーな佳寿』

「は……は、太路ちゃんにそんなふうに言われたら、恥ずかしいよ。おれなんて、郷じゃ半人前以下だし……」

手放しで称賛されて、頰を引き攣らせてしまった。

正体を隠して、潜入しているのではなく……最初から『狸』だと知られているだなんて、口が裂けても言えない。

佳寿の言葉を謙遜《けんそん》と受け取ったのか、太路は『自信を持てよ』と続ける。

『肝心のブツは、どうした？』

「そ、それが……なかなか、見つからなくて。やっぱり、用心深いみたいで」

目的の『狐の尾筆』は、隠されている場所の見当さえつけられていないのだ。しょんぼりと答えた佳寿に、太路は声のトーンを低くした。

『昨夜、知寿と電話で話したんだが……大池は、いよいよヤバいらしい。川の水も少なくなっていて、このままじゃ農業用水どころか生活用水にも事欠く事態だと』

太路が、深刻な空気を漂わせてそう口にする。佳寿は、受話器を握る手にギュッと力を込めた。

農業用水だけでなく、生活用水にまで危機が迫っているとなればよほどの事態だ。

「……わかった。どんな手段を使っても、近いうちにアレを見つけて郷に持って帰る」

もう、一刻の猶予もない。

そう聞かされたことで、決意を新たにする。同時に、神代の屋敷でなんとなくのほほんとした日々を送っていた自分を、猛省した。

佳寿の目的は、『狐族』との友好関係を築くことではないのだ。騙して、陥れてでも……郷のために『狐の尾筆』を持ち出さなければならない。

依吹の顔を思い浮かべると、胸の奥が針で突かれたように痛くて……喉に、なにかが詰まったみたいになる。

無言になった佳寿が、プレッシャーに押し潰されそうになっているとでも思ったのか、太路が重苦しかった声のトーンを少しだけ上げた。

『まぁ、無理はするなよ。身の危険を感じたら、アレを手に入れられなくても逃げ出せばいい。夜中だろうと、連絡をくれたら迎えに行くからさ。バイト先の人から、中古のバイクを譲り受けたんだ』

「うん。……ありがと、太路ちゃん。あ、もうコインがないから切れちゃうかも……っ、て聞こえたかな」

通話が途切れそうだと話している最中に、ブザーが響いてプツリと切れてしまった。

耳から離した受話器をしばらく見ていたけれど、ぼんやりしていても仕方がないと軽く頭を振って電話ボックスから出る。

見上げた空は、茜色《あかね》に染まっていた。雲一つない快晴だ。

佳寿の目の前でお猪口に水を満たした依吹は、妖力が強まる満月の前後だと夕立を降らせることができると言っていた。

「おれに、依吹くんくらい強い妖力があれば、雨を降らせられるのに……な」

小犬にさえ満足に化けられない今の自分に、できることは一つ。

依吹には申し訳ないが、どうやってでも『狐の尾筆』を見つけ出して……郷に持ち帰らなければ。

太路は、身の危険を感じたら逃げろとか無理をするなと言ってくれたけれど、佳寿があきらめてしまったら郷の危機を救うことはできなくなる。

ソレが、本当に存在するものなのか確証はない。万が一、ただの言い伝えで……あの屋敷になかったとしたら？

頭上から、氷水を浴びせられたような寒気が走る。

「か、考えないっ！」

佳寿はチラリと頭をよぎった怖い疑問を振り払って、小走りで神代の屋敷に戻った。

□
□
□

納戸の金庫にはなかった。

毎日、初江が丁寧に手入れをしている神棚にも飾られていなかったし……他に、大切な物を保管していそうな場所は、依吹の私室だけだ。

勘のいい依吹は、不在の時に佳寿が家探しをすれば、他人の手が自分の物に触れた気配だけで異変に気づくだろう。

だから、今まではチャンスがあっても一人で部屋に入ることができなかった。でも、こうなれば悠長なことなど言っていられない。

隠されていそうなところを手当たり次第に探り、無事に見つけられたら持ち出す。

あまり考えたくはないが、もしも見つけられなかったら？

仕方ないので、手ぶらで……その日のうちに逃亡してしまえばいい。

自問自答することで、決意を新たにした。

佳寿が屋敷に入り込んだ本来の目的を知られれば、依吹は激高するだろうか。それとも、やはり狸などそんなものかと、軽蔑《けいべつ》するだろうか。

どちらにしても、想像するだけで胸の奥がギューッと痛くなる。これまで、佳寿が知らなかった苦しさだ。

この苦しさの正体がわからなくて、胸の奥にモヤモヤとしたものが渦巻いている。食事もろくに喉を通らない、という経験をしたのは初めてだった。

「佳寿？　ぼうっとして、どうした？」

「あ……ごめんなさい」

名前を呼ばれたことで、ハッと顔を上げた。依吹が持っているお猪口が空になっていることに気づき、涼やかなガラスの徳利を手に持って注《つ》ぐ。

一日の締めくくりとして、習慣になっている晩酌のお供も……今夜が最後だ。『狐の尾筆』

を見つけられても見つけられなくても、もうここにはいられない。

「具合でも悪いのか？　晩飯、あまり食ってなかっただろう」

佳寿の様子がいつもと違うことを、敏感に感じ取っているようだ。ほんの少し気遣いを含んだ声で、尋ねてくる。依吹は、普段は佳寿に意地悪なことを言っていても、時々こうして優しいのでは……と感じる言動を取る。

だから、佳寿の迷いは深くなってしまう。

「……大丈夫。初江さんが作っている時に、味見っていう言い訳をして大福をたくさん食べちゃったんだ。初江さんの手作り豆大福、すっごくおいしいよ。依吹くんも、一つくらい食べればいいのに」

晩酌セットの脇、朱色の漆塗りの皿には、小振りな豆大福が三つ並んでいる。

一つ食べる？　と尋ねながら指差すと、依吹はものすごく嫌そうな顔で目を逸らした。

「……俺は稲荷寿司を食うからいい。だいたい、大福が酒の肴《さかな》になるか」

今日の仕事を終えて帰宅する前に初江が用意してくれた夜食は、佳寿には豆大福だが依吹には艶々とした金色の揚げに包まれた稲荷寿司だ。

稲荷寿司も作っている最中に摘まみ食いをさせてもらったが、おいしかった。

郷の祖母が作るものとは、少し違っていて……佳寿には甘辛い揚げは味が濃く感じたけれど、包まれた酢飯にはあまり濃い味つけがなされていないので絶妙のバランスだと思う。

「なーんか、妙に大人しいな？」

「そ、そんなことないよ」

「……まぁいい。ほら、アレを触らせろ」

依吹は意味深な言い回しをしながら、手のひらを上に向けて指を折る。尻尾を出せ、という催促だ。

チラッと上目遣いで依吹を見上げた佳寿は、おずおずと答えた。

「いい……けど、依吹くんのも触らせてくれる？」

依吹の尾は、佳寿にとってキラキラ輝く宝石のようなものかもしれない。優美で、とてつもなく魅惑的で……でも、手に入れることのできない『高嶺《たかね》の花』だ。

「佳寿のクセに、交換条件を出す気か。俺の尾が、そんなに気に入ったのか？　狐は怖かったんだろう？」

佳寿を見下ろす依吹は、意地悪く目を細めて聞き返してくる。

そんな表情さえ魅力的で、言い伝えに『狐族は美形』とわざわざ添えていたご先祖も、もしかして佳寿のように魅せられていたのかもしれない。

「物心つく前から脅されていたせいで、怖かったけど……実物を見たら、キレイなんだもん」

言い訳じみた口調で、怖かったのは事実だが今は違うと告げる。

佳寿から目を逸らした依吹は、

「っとに、おまえは……調子が狂う。俺の同族には、そんなにバカ正直なのはいないぞ」

「バカで悪かったなっ」

「悪いとは言ってないだろう。単純なやつだ。俺に惚れてるなら、触らせろ」

「……ズルい」

免罪符のようにその言葉を持ち出されてしまったら、嫌だなどと拒めない。

唇を尖らせた佳寿は、耳と尾の封印を解いて依吹の前にさらした。無言で手を伸ばしてきた依吹は、佳寿が身につけている浴衣の裾を無遠慮に捲り上げる。

「うわっ、エッチ！」

思わず口にした単語に眉をひそめた依吹は、佳寿の頭を平手で叩いてくる。ついでのように耳を指先で摘まみ、睨みつけてきた。

「人聞きの悪い言い方をするなっ、バカが。浴衣が邪魔で見えんだけだ」

「うぅ……ひどい。脳細胞が減った」

どうして、兄も依吹も、ポンポンと佳寿の頭を殴るのだろう……。

恨みがましい思いで、上目遣いに依吹を睨む。

依吹は、珍しくバツの悪そうな顔をして佳寿の耳から指を離した。その手で、今度は尻尾を摑んでくる。

「つべこべ言わずに、触らせろ」

「……痛いから、引っ張らないでよ？」

「ハイハイ。っと、……ほら」

浴衣を肩から滑り落とした依吹は、意外にもすんなりと自身の尾を差し出してくれる。

ふわんふわんと揺れる佳寿のものより立派な尾は、やはり『キレイ』の一言でしか形容することができない。サイズが大きいから、佳寿のように裾を捲り上げるだけでは窮屈なのだろう。

依吹の尾をジッと見つめていると、苦いものをたっぷりと含んだ声が頭上から落ちてくる。

「こんなところを眷属のジジイに見られたら、卒倒されそうだな」

「おれ……も。狐は天敵、ってみんなが思ってるから」

実際は、そうして狐族を意識しているのは狸族側だけのようだが。みんなには申し訳ないが、依吹たち『狐族』は自分たちを相手にしていない。

彼らはかつて住んでいた土地を追われたけれど、今では見事に現代社会に根づいた生活を送っている。

「そのくせ、単身で敵地に乗り込む……か。おまえは、よくわからん。ただの無鉄砲なバカかと思えば、変なところで度胸があるし……気持ち悪いくらい素直で、バカ正直だ」

「バカって、二回も言ったな」

どう答えればいいのかわからなくて、小さく苦情を口にする。佳寿の尾をいじりながら、依吹はかすかな微笑を唇に浮かべた。

「バカだろう。俺に惚れたとか、言い出すし。なにを考えているのやら」

「……おれも、よくわかんない」

つい、本音がこぼれ落ちてしまった。

なにを考えているのか？　佳寿自身にも、本当にわからないのだ。

依吹が好きだから、ということは……苦し紛れの言い訳で、咄嗟《とっさ》に思いついた言葉を告げただけだった。

それなら、今は？

予想していたように、怖い存在ではなかった。意地が悪くても、理不尽に佳寿を虐げることはない。依吹のことを知るにつれ、『狐族』のことはわからなくなる……というのは、矛盾しているだろうか。

なにより、佳寿自身、自分がなにを思っているのか不可解になる一方だ。

「ぼーっとしていないで、酒を注げ」

「……あ、うん」

ガラスのお猪口を差し出されて、徳利を傾ける。こんなところを仲間に見られたら……という依吹の言葉を思い出し、なにげなくつぶやいた。

「……郷を追い出されたら、どうしよ」

「ああ？　仕方ないから、ウチに置いてやってもいいぞ。」

佳寿は独り言のつもりだったけれど、依吹は思いもよらなかったことを淡々と口にする。

そっと顔を窺い見ても、無表情なので本気か否か図りかねた。

「ホントに？」

「小間使い……と、安眠対策のためにな。狸の尾がこれほど触り心地がいいなんて、知らなかったなぁ」

置いてやってもいいという言葉に、大きく心臓が高鳴り……小間使いと釘《くぎ》を刺されて、高揚していた心がストンと落ちる。

「自分の、触ればいいのに。おれは、依吹くんのほうが立派だしふわふわで、気持ちいいと思うけど」

「口答えするな。俺に触られて不満か？」

「そ……じゃない、けど」

「じゃあ、黙って触らせろ」

依吹に触られるのは、嫌ではない。でも……こうして、依吹の言葉一つに感情が乱高下するのはどうしてなのか。

どんなに考えても、答えは出なかった。

ただ、それきり無言で尻尾をいじり続ける依吹の手がやけに優しいもののように感じて、なかなか動悸が治まってくれなかった。


ふわり……ふわり。指に触れる優しい感触は、なんだろう。

綿のようにやわらかくて、気持ちいい。

不思議に思いながら目を開くと、予想外のものが視界に映った。

「ッ……依吹くんの、尻尾……?」

どうやら、晩酌の相手をしているうちに依吹の部屋で眠り込んでしまったらしい。

よほど疲れていたのか、佳寿と同じように畳に身体を横たえている依吹は、珍しく尻尾を出したままだ。

やはり、すごくキレイな尾だ。たっぷりの毛量で、金色に輝いているように見える。

大きな三角形の耳も、尾も……依吹の髪と同じ、淡い色で。伏せた目元を縁取る長い睫毛《まつげ》まで、色素が薄い。

こうして佳寿がジッと凝視していても、気配に聡《さと》い依吹らしくなく目を覚まさない。

「キレイ……だな」

恐る恐る手を伸ばして、淡い色の髪に触れる。尻尾は触らせてもらったことがあるけれど、髪に触れたのは初めてだった。

尾の毛よりも細いのか、さらりと指先から逃げていく。

もっと触りたい……けど、目を覚ましてしまうかもしれない。それなら、見ているだけにしたほうがいい。息を詰めて気配を殺し、畳に横たわったまま自覚なく依吹に見惚《みと》れていた佳寿だが、ハッと我に返った。

もしかして、これはチャンスでは？　今なら、依吹に気づかれることなく部屋を捜索できるかもしれない。

そう思いついて身体を起こしかけたところで、依吹が瞼を震わせる。佳寿はビクッと動きを止めて、依吹の様子を窺った。

「ッ……寝てた、か」

佳寿がいるところでうっかり眠ってしまったことが、不本意だったのだろう。点《つ》けっぱなしの天井の電気がまぶしいのか、顔の上に手をかざして不機嫌そうに眉をひそめて低くつぶやく。

こちらに目を向けた依吹と視線が絡み、どぎまぎと視線を逸らした。

なんとなく後ろめたいのは……家探しを決行しようとしたところで、依吹が目を覚ましてしまったからに違いない。

寝姿にぼんやり見惚れていたとか、こっそり髪に触ってしまったことなど、言わなければ依吹にはわからないはずだ。

「佳寿？　変な顔をして、どうした？」

「へ、変っ？」

依吹を……どんな顔で見ていたのだろう。

不安になった佳寿は、ゴシゴシと自分の顔を擦った。上半身を起こした依吹に「目を擦るな」とその手を握られて、ビクンと肩を震わせる。

そうして佳寿がいつになくビクビクしているせいか、依吹はかすかに首を傾げた。

「なんだ、寝ていた俺にイタズラでもしたか？」

鋭い一言に、ドクンと大きく心臓が脈打つ。

眠っているとばかり思っていたのだが、実は目が覚めていて……佳寿がどうするのか試されていたのだろうか。

「イタズラ、じゃないけどっ。さ、触ったのわかった？　ごめんなさいっ」

しどろもどろに答えると、依吹は無言で目を細めた。なにを考えているのか読めない無表情で、ジッと佳寿の顔を見ている。

沈黙が怖くて、余計なことまで口から飛び出した。

「い、依吹くんがあんまりキレイだったから……つい。でも、ちょっと髪に触っただけだよ。

尻尾とか、耳とかには……黙って触ってないからっ」

落ち着きなく言い訳を重ねると、無表情だった依吹はほんの少し唇の端を吊り上げて、意地の悪い微笑を浮かべる。

「必死で言い訳をすると、かえって怪しいぞ。俺の寝込みを襲おうとでもしたか？」

「寝込みを襲うっ？　普通に戦っても依吹くんに敵わないからって、そんな卑怯《ひきょう》なことはしないよ！」

図星を指された気分になり、忙《せわ》しなく首を左右に振った。

見ているあいだに家探しをしてやれなどと、卑怯なことを企《たくら》んでいたのは事実で、焦るあまり饒舌《じょうぜつ》になる。

依吹は怪訝そうに佳寿を見ていたけれど、

「……戦うって、なぁ。色気のない反応だな」

そう口にして、クックッと肩を震わせた。

色気のない反応？　とは、どういう意味だろう。

意味がわからない佳寿は、なんとも言い返せない。目をしばたたかせて、依吹がなにか言ってくれるのを待った。

佳寿の手を握ったままの依吹が、スッと顔を寄せてくる。

近くで見ても、やっぱりキレイな顔……だ。

「……お子様め。惚れてる相手が目の前で無防備に眠っていたら……どうにかしてやろうと思うんじゃないか？」

至近距離で佳寿と視線を絡ませた依吹は、そう言って軽く鼻に噛みついてきた。

佳寿は、ビクッと肩を竦ませて身体を強張《こわば》らせる。

「あ……」

ギクシャクと身体を離そうとした佳寿は、腕を引かれて依吹の胸元に抱き寄せられたことに目を瞠った。

佳寿の身体を両腕で抱き込みながら、依吹が淡々と語る。

「逃げるな。俺に惚れてるんだろう？」

「で、でも……依吹くんは、おれなんか好みじゃないって言った。狸も、ガキも……その気にならないって」

どうして依吹に抱きしめられているのかわからなくて、迷い迷い口にした。

依吹の腕は長くて、小柄な佳寿はすっぽりと胸元に抱き込まれている。薄い浴衣の生地越しに、依吹の体温が伝わってきた。

どうしてだろう。心臓が……ドキドキする。

落ち着かなくてもぞもぞ身動《みじろ》ぎする佳寿を、依吹は放してくれなかった。封印を解いたままの丸い耳を指先で摘まみ、ポツリと口にする。

「……そんなこと、言ったか？」

「言っ……、ぁ」

言ったよ！　と。そう答えようとして顔を上げたところで、ふっと顔面に影が落ち……唇を塞がれた。

なに……？　キス？　なんで？

頭の中が真っ白になり、逃れようという素振りさえ見せられない。

硬直する佳寿に構うことなく、押しつけていた唇を離した依吹は、クスリと笑って佳寿の唇をペロリと舐める。

「どんぐりみたいな目ぇが、ますます丸くなってるぞ。尻尾の毛、ぼわぼわになってるし。そんなにビックリしたか？」

「び、ビックリ……当たり前、だろっ。なんで……こんなことすんの？　おれのこと、からかってる？」

「なんで……か。どうしてだろうなぁ？」

独り言のような小さな一言は、佳寿の疑問に対する答えになっていない。

泣きたいくらいの混乱に巻き込まれて首を左右に振った佳寿は、質問を重ねようとした。けれど、依吹はそれを許してくれなかった。

逃げられないように両手で頭を摑まれて、再び唇を塞がれる。

「っん……、ぅ……」

歯列を割って、依吹の舌が口腔《こうこう》に潜り込んでくる。どうしていいのかわからない佳寿は、ただひたすら身体を硬くして息を詰めた。

そっと吸いついて、口の中を舌先でくすぐられる。上顎の粘膜をチラリと舐められた途端、ピクンと大きく身体を震わせた。

背中にある依吹の手に力が込められて、ますます強く抱きしめられる。

息が……できない。苦しい。

頭の中、ゴチャゴチャで……身体が燃えるように熱くて、もうなにをどうすればいいのかわからない。

「っふ……、依吹く……ん？」

ようやく濃密な口づけから解放され、瞼を震わせて依吹の名前を口にした。

苦しさのあまり目尻に滲んでいた涙の雫《しずく》を、依吹の舌先が舐め取る。

「俺を好きなら……嫌がるな」

「……ズルい、よ」

そんなふうに言われたら、拒めない。

依吹のことが、好き……だと。そんな『ふり』をして、屋敷に潜入したのだ。

だから、逃げられない。依吹が好きなふりを、し続けなければならないから。

佳寿は、身体が動かないことの言い訳のように心の中で繰り返して、近づいてくる依吹の顔に瞼を伏せた。

ズルいのは、誰……？

頭の中でそう囁《ささや》くのが聞こえたけれど、聞こえなかったことにしてピクッと耳を震わせる。

「狸も……尾は敏感なのか？」

「え？　ぁ……ッ」

そっと、尾のつけ根を握られる。

佳寿の尾が気に入ったという依吹は、何度も何度も触ってきたけれど……今は、なんだか違う。自身が感触を楽しむのではなく、依吹の手が触れているのだと……佳寿に思い知らせているみたいな手つきだ。

これまでにない、ざわざわとした奇妙なものが引っ切りなしに背筋を這《は》い上がる。

「ゃ、ゃ……あ、なに……なん、でこんな……のっ」

佳寿が戸惑いながら依吹の肩口に頭を押しつけると、依吹は尻尾をゆるく握りしめたまま口を開いた。

「ふーん、言うほどガキじゃないんだな。ちゃんと、わかってるみたいじゃねーか。ただ触れられることと、前戯との違いってやつが」

「わ、かんな……、わかんない、よ」

依吹がなにを言っているのかも、よくわからない。

ただ、言葉で形容できない熱が次々とそこから湧いて……ただひたすら、依吹の手の存在を感じる。

「そうか？　身体は、わかってるみたいだけどな」

笑みを含んだ依吹の声は、いつになく優しくて……どうしようもなく恥ずかしい。

何度も触れられたことがあるのに、今だけは違う。

そして……こうして依吹に触れられるのは、これが最後……。

「ぁ、あっっ」

グッと熱の塊が身体の奥からせり上がってきた……と感じた直後、ビクビクと肩を震わせて依吹の肩に縋りついた。

尻尾をいじられていただけなのに……下着を汚してしまったのがわかり、呆然《ぼうぜん》とする。

密着していることで、佳寿の状態は依吹にまで伝わっているらしい。依吹は指先で尻尾の毛を梳《す》きながら、もう片方の手でポンポンと背中を叩く。

「……おいおい。狸の尻尾ってやつは、そんなに敏感なのか？　それとも、おまえだけ特別にエロいのか？」

揶揄《やゆ》する響きでそう言われて、全身が燃えるように熱くなった。

泣きそうな心境になりながら、首を振って依吹の肩口に拳を打ちつける。

「しっ、知らない。依吹くんが、触るから……だ。他の人に、こうして触られたことなんか、ないけど……絶対、こんなふうにならないっ。依吹くんだから、だよ」

八つ当たりも込めて『依吹のせいだ』と責任転嫁をしたのに、依吹は腹を立てることなくククッと肩を震わせている。

「俺だから……か」

「そ……、ぁ」

再び尻尾を摑む手に力を込められて、ビクッと身を固くした。

お返しとばかりに手を伸ばして、依吹の尾をゆるく摑む。

「……おい」

「依吹くんの尾、気持ちいい……ね」

依吹の手つきを真似《まね》て、そっと握りしめ……指先で毛の根元をくすぐる。依吹がピクッと身体を震わせるのがわかって、奇妙な悦《よろこ》びが胸の内側に広がった。

触りたい。触って欲しい。

……これが、最後だから。

畳の上に映っている影が滲み、なぜか依吹の尻尾が何重にも見えて……熱っぽい息をつきながら、忙しないまばたきを繰り返す。

熱に浮かされたような心地に漂っていたせいで、目に映るものに確証はなかったけれど。

窓の外は、まだ暗かった。夜明けまでには、三十分あまりあるはずだ。

「……ごめんね、依吹くん」

身体を丸めて眠っている依吹を見下ろした佳寿は、小さく口にする。

佳寿がギュッと握りしめた木製の小箱には、古びた筆が収められていた。

依吹の私室の隅、パソコンが置かれた机の引き出しにあったものだ。

引き出しには鍵もかかっていなかったし、あまりにも無防備かつ無造作に置かれていたので、半信半疑で手に取ったのだが……佳寿には『間違いない』という自信があった。

半透明の薄い紙に包まれていた筆の軸部分は竹。筆のところは依吹の尾と同じ毛色で、指先でそっと触れてみたのだが、感触で狐の体毛だと確信できた。依吹の尾に触れていなければ、きっとわからなかっただろう。

依吹をジッと見下ろしていると、なぜか目の前がじわりと滲んだ。胸の奥が、ズキズキと疼《うず》いている。

あんなに怖かった『狐族』が、今では人間より同族よりキレイに見える。

意地悪で、でも佳寿に触れる手は優しくて……。

「ごめん、ね」

もう一度小さな声でつぶやいて、引き剝がすように依吹から目を逸らした。気配を押し殺して立ち上がり、そっと襖を開ける。

番犬のドーベルマンは……この時間だと、初江がやってくる裏口のところまではうろついていないはずだ。門や通用口に張り廻らされている、セキュリティの一時的な解除方法も知っている。

「犬に化けたり狸形よりも、人形のほうが都合いいかな」

屋敷を出て、太路に電話をして……という この先の行動を考えて、人形のままドアを開けた。

この、心臓をギュッと握られているような苦しさの理由なんて、知らない。

わからないほうが、きっといい。

そう、自分に言い聞かせて駆け足で広い庭を横切る。外からの侵入者には厳しくても、内側から出るには拍子抜けするほど容易かった。

道路の端に立った佳寿は、もう戻ることのできない屋敷を一度だけ振り向いて、キュッと唇を嚙む。

奇妙な感傷に浸り、グズグズしている猶予はない。一日でも、一時間でも早く郷に戻らなければならないのだ。

そうわかっていても、電話ボックスに向かう佳寿の足はこれまで感じたことがないほど重かった。

《八》

このあたりでは見慣れない大型のバイクを不審に思ったのか、畑の脇に立っている男性が細い道に出てきた。

ゆっくりとバイクが停まり、運転していた太路にしがみついていた佳寿はヘルメットを脱ぐ。

解放感に、ふー……と大きく息をつき、バイクに跨《また》ったまま作業服姿の男性に笑いかけた。

「おじさん。ただいまっ」

「おお、佳寿か！　ということは、そっちは……太路かっっ？」

フルフェイスのヘルメットをかぶっているので、顔は見えないはずだ。でも、重大な任務を負って郷を出た佳寿が伴って戻ってきた相手、ということで見当がついたのかもしれない。

ハンドルを握っていた太路は、ヘルメットを脱ぎ捨てて「ハイ。お久しぶりです」と答える。

「佳寿、太路……おまえたちが戻ってきたということは」

「おじさん、ごめんねっ。急いで家に帰るからっ」

「あ、ああ……」

聞きたいことがいろいろあるのだろう。まだ話したそうな男性には申し訳ないが、こんなところで道草を食っている余裕はない。少しでも早く自宅に戻り、祖父や父、兄に逢わなければならないのだ。

少しの間も惜しみ、二人してヘルメットを脱いだままバイクを走らせること、数分。どっしりとした日本家屋が目に映る。

自宅を離れていたのは、ほんの一月弱だ。なのに、ものすごく久しぶりに帰ってきたような不思議な感覚に襲われる。

門の手前でバイクが停車し、佳寿はタンデムシートから飛び降りて太路にヘルメットを渡した。

「ありがと、太路ちゃん。長時間、お疲れさま」

「いいや。大丈夫だ。……実家にちょっとだけ顔を出すけど、後でオヤジと一緒に来るからな」

「うんっ」

佳寿は大きくうなずくと、懐に抱えていた小箱をギュッと握って自宅の敷地へ駆け込む。

依吹の……神代の屋敷を出たのは、ほんの半日前だ。電話をすると、始発電車が動き出す前に太路がバイクで迎えに来てくれた。そのまま高速道路をひた走り……四国まで送り届けてくれたのだ。

おかげで、昼過ぎに到着することができた。長時間バイクのシートに座っていたので尻は痛いが、感謝だ。太路がバイクを走らせてくれなかったら、もっと時間がかかっていただろう。

「爺ちゃん、父さん、兄ちゃんっっ！」

立てつけのよくない玄関扉を勢いよくスライドさせて、急《せ》いた気分で靴を脱ぎながら廊下の奥に向かって声をかける。

この時間だと、朝の農作業を終えて一休みしているだろう。そう予想した通りに、居間から兄が顔を覗かせる。

「佳寿っ！　おまえ、連絡もせずに……」

居間から駆け出てきた兄は、佳寿の前で足を止める。言葉もないのか、焦りが滲むもどかしそうな目で佳寿を見下ろしてきた。

「電話とかするより、少しでも早く帰ったほうがいいと思って！　太路ちゃんにバイクで送ってもらったんだ」

早口で答えた佳寿に、普段ならもっと文句を言うだろう兄は、いつになくあっさりうなずく。

「そうか。……アレは」

「……ここ。コレ……だと思う」

挨拶もそこそこに、握りしめていた小箱を差し出す。

「コレ……が」

神妙な表情で佳寿の手から箱を受け取った兄は、短く「来い」とだけ言い残して踵を返した。

うなずいた佳寿は、大股で居間に戻る兄の後ろを小走りでついていく。

座椅子に座っていた祖父と父は、兄が、

「爺さん、オヤジ。佳寿が……」

それだけ口にしてテーブルに置いた小箱を、険しい表情で見つめた。父親が、テーブル脇に立つ佳寿を見上げて尋ねてくる。

「佳寿、……これが、例のアレか？」

これまでにない緊張を帯びた父親の声に、佳寿は大きくうなずいた。

「神代の屋敷にあった物だから、間違いはない。とりあえず、見てもらわないとって思って。間違ってない？」

恐る恐る口にすると、三人の視線が小箱に戻る。

シン……と沈黙が漂い、父親が低く「知寿」と兄の名前を呼んで促した。

無言で首を上下させた兄が、箱に巻きつけてある麻紐を解いた。少し躊躇い……そっと蓋《ふた》を持ち上げる。

まるで、その中に化け物でも入っているかのような手つきで、恐る恐る指を伸ばし……半透明の紙を開いた。

こうして見る限り、ただの筆のようだが……。

祖父は、厳しい表情で凝視している。父と兄、佳寿の三人は、祖父が口を開くのを息を呑んで待った。

祖父は小箱を手に取り、筆を右手で持ち……ゆっくりと左手の人差し指で辿る。軸や毛先を検《あらた》めると、小さく息をついて首を上下させた。

「……確かに、狐毛の筆だ。伝記にあった特徴とも一致しておる」

その途端、佳寿は全身から力が抜けるのを感じた。ずっと張り詰めていた糸が、プツリと切れてしまったみたいだ。

へたりと畳に座り込んだところで、兄に背中を叩かれる。

「おい、呆けている場合じゃないだろうっ。コレが、例の筆なら……しなければならないことは、まだ残っている」

「う、うん」

そうだ。『狐の尾筆』を郷に持ち帰っただけでは、役目が終わったとは言えない。

これで、干上がる直前の大池に水を湧かせることができて……初めて、任務が完了したと言えるのだ。

「知寿と佳寿、大池にひとっ走りしてくれ。ワシらもすぐに追いかける」

「はい」

祖父の言葉にうなずいた兄が、「行くぞ、佳寿！」と背中を蹴ってくる。

大池に行くには、山道を登らなければならない。

老齢で足腰の弱った祖父は機敏に動けないので、一刻も早く……と、兄と佳寿を急かしたのだろう。

一分、一秒も惜しむほど、大池の渇水が切羽詰まった状況なのだと伝わってくる。

急ぎ足で玄関に向かう兄に続いて廊下を走った佳寿は、脱いだばかりのシューズに足を突っ込んだ。

焦るあまり、途中で何度か木の根につまずいて転び……砂ぼこりと泥だらけになりながら、ようやく大池に辿り着いた。

縁に立って見下ろした大池は、見るも無残な姿だった。

平素であれば、どれほど少なくても半ばほどはある水がすっかり干上がり……すり鉢状の池の形をさらしている。底には一面、無数のひび割れが見て取れ、長く水がないのだと如実に語っていた。

その中央には、黒々とした要石が鎮座している。もっと大きいかと思っていたのだが、佳寿の頭ほどのサイズだ。

「下りるぞっ」

「う、うん」

保守点検用にコンクリート製の階段もあるのだが、そこまで回り込む時間も惜しい。兄に続いて、砂ぼこりを巻き上げて池の底へと滑り下りる。

何度かひび割れにつまずきながら要石に駆け寄ると、その周辺のくぼみ部分に辛うじて泥水が残っているのが目に入った。

屈み込んだ兄が、筆の収められている小箱を開ける。右手で筆を握り、その泥水に毛を浸した。

「これ……で」

兄が石に筆をつける様子を、息を呑んで見守る。

スッと息を吸い込んだ兄が手を動かすと、濡れた痕跡《こんせき》が、つるりとした要石に『水』の一文字を記した。

乾いて灰色になった石の表面に、黒々とした文字が浮かび上がっているようだ。

「………」

言葉もなく、二人で要石付近を覗き込んでいるのに……変化がない？

一分、二分……待つ時間は、やけに長く感じた。

緊張状態に限界が来て、佳寿はそっと口を開く。

「いつ、湧くんだろう」

「さぁ……俺も知らん」

ポツリと言い返してきた兄の声には、戸惑いがたっぷりと含まれている。

要石に記された字は、乾燥して消えかけていた。

佳寿は、兄が右手に持ったままの筆と要石とのあいだに視線を往復させて、そっと首を傾げる。

「兄ちゃんの字が汚かったから、とかじゃないよね？」

その直後、ガツンと後頭部に衝撃が走った。

「ああっ？　じゃあ、おまえが書いてみろよっ。おまえも直系男子だ」

「……殴んなくてもいいじゃん」

唇を尖らせた佳寿は、殴られた後頭部をさすりながら、差し出された筆を受け取る。

要石をジッと見下ろして、兄がしていたように恐る恐る『水』と書いてみたけれど、やはりなに一つ変化がない。

「なん……で？」

落胆を通り越して、絶望的な気分になって呆然とつぶやく。

水が、湧くはずだった。いや、湧いてくれなければ困るのだ。

もう一度、小声で「どうして」とこぼしたところで、頭上からここにいるはずのない人物の声が降ってきた。

「狸は、やっぱり間抜けだな」

驚いた佳寿は、弾かれたように声が聞こえてきた池の縁を見上げる。兄も、「誰だっ」と鋭い声で言いながら、頭上を仰ぎ見た。

短い一言だけで、そこにいるのが誰か……佳寿にはわかっていた。でも、姿を目にしたことで確信する。

「……依吹くん」

呆然とつぶやくと、隣に立つ兄に脇腹を小突かれた。

それが、「誰だ？」という答えを求める仕草なのだと伝わってきたけれど……声が出ない。

動くこともできない。

「おい、佳寿っ」

「あ……あの、ね。依吹くん。……神代、依吹くん」

呆然とした心地のまま、依吹の名前をつぶやく。詳しく語られなくても、『神代』という名だけで、正体を悟ったのだろう。

兄は、厳しい口調で聞き返してきた。

「……どういうことだ？　佳寿？」

どう答えればいいのかわからず、依吹を見上げたまま立ち尽くす。

返事をしない佳寿に、兄が苛立《いらだ》っていることはわかっていたけれど……頭の中が真っ白で、言葉が出ない。

「くそ、とりあえず上がるぞ」

チッと舌打ちをした兄に二の腕を摑まれ、引きずるようにして溜池の斜面を登らされても……言葉もなく、のろのろと従うしかできない。

兄と佳寿が溜池の縁に上がったところで、祖父と父が姿を現した。

「知寿、佳寿、大池は……水は、無事に湧い……？」

勢い込んで話しかけてきた父親が、途中で言葉を切った。訝しむ目で、佳寿たちの前に立つ依吹を目にしている。

「こちら……は？」

この緊急時に、無関係の人間がどうして？　と言葉ではなく表情が饒舌に語っている。

祖父は、険しい面持ちで依吹を凝視していた。

その目は、ただの『人間』にしか見えない依吹の正体が、透けて見えているのではないかと思うほど鋭い。

心臓が苦しいくらい、猛スピードで脈打っている。

緊張のあまりどうにかなりそうな佳寿とは違い、腕組みをした依吹は涼しい顔で堂々と立っていた。

兄が摑んでいた佳寿の腕から手を離し、トンと背中を押される。よろよろと脚を踏み出した佳寿に、祖父と父の目が注がれた。

「彼は、佳寿が言うには、『神代依吹』氏……らしいです」

半信半疑、といった口調で兄が口にする。

数秒の沈黙が流れる。『神代依吹』の名とその正体について、すぐさま結びつかなかったのかもしれない。

バサバサと鳥の羽音が頭上を横切ったところで、凍りついていた場の空気が動いた。

「なっっ」

「…………」

父は目を剝いて口をパクパクさせ、祖父は眉間に深いシワを刻む。

険しい表情の祖父と父、兄……狸族のトップである存在の三人に睨みつけられても、依吹は素知らぬ顔をしていた。

怯む様子など、微塵も感じさせない。

チラリと佳寿に目を向け、これまでとまったく同じ調子で話しかけてきた。

「佳寿、おまえが盗み出したその筆は……狸どもには扱えない代物だ」

「……え」

咄嗟にどう答えればいいのかわからず、佳寿は戸惑いをたっぷりと含んだ間抜けな一言を発する。

さすがというべきか、

「どういうことだ？」

依吹を睨みつけながら、兄が低く尋ねる。

佳寿、依吹くん……と名前で呼び合う弟と宿敵を怪訝に感じているはずだが、今はその部分を追及している場合ではないと思ったのだろう。

ふん、と鼻を鳴らした依吹は、佳寿が右手に握りしめたままの筆をチラリと見遣って語り始めた。

「その筆は、我が一族に伝わるものだ。効力は……おまえたちも知っているようだが。使い方までは掌握していないらしいな」

あからさまに馬鹿にした表情で、ククッと笑う。

ますます険しい顔になった兄が、低い声で、

「もったいぶらずに、言え」

と迫りながら、一歩大きく足を踏み出した。

依吹は、佳寿とその隣に立つ兄を、ジロリと睨んだ。

「……ふん、教えを乞う身でありながら、ずいぶんな態度だな。だが、泣きそうな顔をしている佳寿に免じて、教えてやる」

佳寿は、依吹と目が合った瞬間……そっと視線を足元に落とした。

泣きそう？　否定できない。

きつく奥歯を噛みしめることで、なんとか堪《こら》えているのだ。

「その筆は、我が一族の正統な血筋の者のみが使うことで、真価を発揮する。つまり、直系である……俺が記さなければ、その溜池に水は一滴も湧かない」

目を見開いた佳寿は、勢いよく顔を上げた。

「……っ」

衝撃に、息を呑んだ……のは、佳寿だけではないようだ。祖父も父も、強気な兄さえ言葉を失っている。

依吹は真顔だった。佳寿をからかう、意地の悪い笑みを浮かべるでもなく……見事なポーカーフェイスだ。

でも、その言葉は嘘ではないはずだ。たった今、兄が記しても……佳寿が記しても、実際に水が湧くことはなかったのだから。

つまり、神代の屋敷に潜り込んで『狐の尾筆』を盗み出した佳寿の行動は、無駄だったということか?

「ぁ……」

膝から力が抜けて、ぺたりと地面に座り込んだ。水不足のせいか、茶色く枯れた草を見下ろしていると……目の前に影が落ちる。

のろのろと顔を上げたところで、ぐいっと強く腕を引かれて立ち上がらされた。

「な……っ、依吹く……ん」

顔を上げると、佳寿の腕を摑んでいるのは依吹だった。予想もしていなかったことに驚き、思わず名前を口にしてしまう。

唖然とする佳寿に、ほんの少し唇の端を吊り上げた。

淡く、酷薄な笑みを滲ませながら言うには……。

「俺も、鬼や悪魔じゃない。直接、狸に恨みがあるわけでもないしな。水を……湧かせてやってもいいぞ」

傲慢な物言いだったが、反論することはできないのだろう。そっと窺い見た兄は、無言のまま悔しそうに顔をしかめている。

そうしてしばらく依吹を睨んでいたけれど、ボソッと言い返した。

「なにを企んでいる？　狐が、見返りもなく親切にするものか」

「……偏見だなぁ。ま、その通りだが」

ククク……と低く笑い、佳寿を見下ろしてくる。

腕を摑んでくる手に力が増し……でも、放せとは言えなくて、佳寿は強く奥歯を嚙みしめることで耐えた。

泣きそうなのは、腕が痛いせいではない。

もう二度と逢えないと思ってた依吹が、目の前にいる……腕を摑む指の力強さが、幻ではないと伝えてくれる。

それが、嬉しいのか苦しいのか、ごちゃ混ぜになってワケがわからない。

混乱する佳寿をよそに、依吹は淡々と言葉を続けた。

「……コイツだ。これを、俺によこせ。そうすれば、今すぐこの溜池いっぱいに水を湛えさせてやる」

コイツ……と。摑んだままの佳寿の腕を、持ち上げる。

想定外の要求に目を見開いたのは、当の佳寿だけではない。兄は、予想外なことに依吹へ食ってかかった。

「ふざけんなっ。俺の弟だっ。水と引き換えに、狐の餌食《えじき》にだと？　身内を差し出すほど落ちぶれてねーよっ」

伸ばされた兄の手をあっさりとかわした依吹は、両腕の中に佳寿を抱き込んだ。顎を掴み、顔を上げさせて目を覗き込んでくる。

「ふーん？　佳寿、おまえは？……どうする？」

淡い、淡い……琥珀のような依吹の瞳。

こんな場面なのに、やっぱりキレイだ。

もう、二度と見られないはずだった。こうして、その瞳に自分が映っていることが不思議でたまらない。

「答えろ」

ぼんやりしていると、依吹が低く答えを迫ってきた。

佳寿はコクンと喉を鳴らして、震えそうになる唇を開く。

「……おれ、は……依吹くんの言う通りに、する。水を湧かせてください」

「佳寿ッッ！」

兄の怒声は耳に届いていたけれど、琥珀色の依吹の瞳と視線を合わせて「お願い」と重ねて懇願した。

依吹は、スッと目を細めて酷薄な微笑を浮かべる。それは、冷酷で……とてつもなくキレイな微笑だった。

「ということだ。喜べ。今すぐ、水を湧かせる」

抱き寄せていた佳寿からスッと手を離す。佳寿が握りしめていた筆をスッと取り上げて、笑みを深くした。

「ま、待てっ。おいっっ！」

筆を手にした依吹は呼び止める兄の声を無視して、溜池の底に向かって滑り下りる。

要石の脇に屈み込んだかと思えば……すぐさま池の縁まで駆け上がってきた。

「見てろ」

傲慢な一言で、佳寿たちの視線を溜池に誘導する。

見る見るうちに要石の周りから水が染み出して……渦をつくりながら、またたく間に、満水ラインまで澄んだ水が満ちる。

まるで、精巧に作られた映画を見ているみたいだった。

風が吹き抜け、広大な溜池の水面にさざ波が立つ。清冽《せいれつ》な水の匂いが鼻をくすぐり、幻ではないと知らしめてくる。

祖父も父も、兄も……当然、佳寿も、言葉もなく、呆然とその様子を眺めるしかできなかった。

「さてと、約束通りコイツは俺がもらい受けよう」

「あ……」

肩を抱き寄せられた佳寿は、ようやく我に返って依吹を見上げる。

聞きたいこと、言いたいこと、言わなければならないこと……なにから口にすればいいのかわからなくて、縋る目で依吹を見つめる。

「ッ、佳寿をどうする気だっ」

兄の言葉に、依吹は目を細めて言い返した。

「心配しなくても、狸なんざ煮ても焼いても食えん。現代日本で、人ひとり殺《や》ると面倒なのは、狸でもわかるだろう？……少しばかり、話をするだけだ。この筆を持ち出したことについて……なぁ」

見せつけるように、顔の前で筆を揺らされる。

唇を噛んだ佳寿は、深呼吸をして斜め後ろを振り返った。

「……爺ちゃん、父さん、兄ちゃん……心配しないで。おれ、の……役割だ」

この、『狐の尾筆』に関することは、すべて佳寿の責務だ。

そんな決意を込めて、順番に三人と目を合わせる。

佳寿の目には、固い意思が滲んでいたのだろう。祖父がため息をついて、大きくうなずいた。

「わかった。佳寿は、もう頼りない子供ではない目をしている。任せよう」

「爺さんっ！　オヤジ、なんか言えよっ」

「……知寿、いつまでも佳寿を子供扱いするな。お爺様の言う通りだ。ここは、佳寿に任せろ」

「……っっ」

絶句した兄の目には、佳寿に対する心配がありありと浮かんでいる。

横暴で、すぐ手が出て……意地悪な言い方で佳寿をガキ扱いする。憎たらしい兄が、思いがけず自分に寄せてくれる兄弟愛をひしひしと感じて、

「大丈夫だよ、ホントに」

そう、ぎこちなく笑って見せた。

強がりだと、見破られていただろうけれど、兄はもうなにも言わず……ただ、依吹を睨みつけていた。

□□□

レンタカーのハンドルを握る依吹に連れていかれたのは、空港のすぐ傍にある地域でも最大級のホテルだった。

広いツインタイプの部屋に入るなり、佳寿を振り返る。

「……さて、一番に言うことは？」

背後で扉が閉まり……二人きりの空間だと認識したと同時に、佳寿の口からは堰《せき》を切ったように言葉が溢《あふ》れ出した。

「ど、どうして？　どうやって、ここまで……。だって狐は、四国に渡れないって……っ」

頭に浮かぶまま、次から次へと並べ立てる。

ギュッと眉を寄せた依吹が、軽く佳寿の頭を叩いた。

「このバカ！　誰が質問しろと言った。おまえは……俺に、言わなければならない言葉があるんじゃないか？」

そう口にしながら、ズボンのポケットから小箱を取り出して佳寿に見せつける。

あ、と目を瞠った佳寿は、おずおずと答えた。

「……ごめんなさい。反省……してます」

「ふーん？　口では、どうとでも嘘をつけるからな。耳と尻尾を出して、同じことを言ってもらおうか」

確かに、尻尾や耳は嘘をつくことができない。どんなに悲しい顔をしていても、内心喜んでいたら尾は揺れて耳はピンと立つし、逆だと……顔では笑っていても耳は伏せられて、尾はだらりと垂れ下がる。

言われるまま素直に耳と尻尾の封印を解いた佳寿は、肩をすくませて小声で同じ言葉を繰り返した。

「……ごめんなさい」

丸い耳は、ぺたりと伏せられて……尻尾は意気消沈を示して、だらりと垂れ下がっているはずだ。

「嘘じゃないみたいだな」

無言で、佳寿の頭の上から足元までじっくりと視線を走らせた依吹は、「ふん」と鼻を鳴らしてうなずく。

どうやら、これで満足してもらえた上に、『言うべきこと』も正解だったらしい。

「ごめん、ね」

もう一度同じ言葉を告げると、もうなにも言わずに背中を向けた。

持っていた小箱を無造作に丸いテーブルの上に置き、窓際にあるソファへどっかりと腰を下ろす。

「おい」

一言だけ口にして、突っ立ったままの佳寿を手招きした。

傍に来い……という意味、か？

おずおずとうなずき、そろりと足を運んだ。依吹の手前で足を止めた佳寿の手首を握り……言葉もなく自分に引き寄せる。

「うわわっっ」

バランスを崩した佳寿は、依吹の膝に乗り上がる体勢になってしまい慌てた。

バカなこと、したっ。ますます怒らせる！

依吹と目を合わせることもできず、肩をすくませて身を縮める。

「ごっ、ごめんなさい。ごめんなさいっ。あの……手、離してくれないと、どけない……んだけど」

重いだろう。なにより、こんなふうに密着するのは落ち着かない。緊張の連続で、心臓が壊れそうだ。

どうにかして依吹から離れようとジタバタとしている佳寿をよそに、ソファに腰かけた依吹はマイペースで口を開く。

「どく必要はない。俺のモノをどう扱おうが、俺の勝手だ。……さっきの質問に、答えてやるよ。俺がここに来たのは、朝イチの飛行機で、だ。ついでに、四国に狐が立ち入れないという弘法の結界は、鉄の橋が架かった時点で破られている。これまでは、わざわざ来る必要がなかっただけだ」

「そ……そういえば」

弘法大師、空海様が狐を追い出した際に言い放ったのは、『鉄の橋が本州との間に架かるまでは、四国に戻ることは許さない』だったか。

件《くだん》の『鉄の橋』が架橋されて、すでに二十年以上が経っている。

そのつもりになりさえすれば、『狐族』は、いつでもこの地にやってくることができたということだ。

「様子がおかしいから、なにを企んでいるかと思えば……目的はコイツだったのか。盗み出す手口も見え透いていたし、肝心の詰めが甘いな」

クククッと肩を震わせる依吹は、懸念していたような不機嫌さを感じさせない。

佳寿を腕に抱いたまま、むしろ機嫌がよさそうだ。

「俺に惚れているだと？　そんなわかりやすい偽りを鵜呑《うの》みにするほど、間抜けじゃねーよ。適当にこき使いながら目の届くところに置いて、間抜けな狸を笑ってやるつもりだったんだけどなぁ」

「ッ……」

そう嘲笑されて、ギュッと唇を噛む。

どうやら、佳寿の本当の『下心』は、最初から見破られていたらしい。だから、あっさりと屋敷に入れたのか。

佳寿がなにをしようと、依吹にとっては暇潰しにからかってやるか……くらいのもので、簡単にあしらえると侮られていた？

悔しい。悔しい……けど、実際、その通りだった。依吹の手のひらの上で、くるくると踊らされていたようなものだ。

「もう一つ、質問だ。神代の屋敷を出る際の、ごめんの意味を聞いていない」

「あ……」

あの時、依吹は眠っているとばかり思っていたのだが、起きていて……あえて佳寿を見逃したらしい。

どうして？

戸惑う佳寿は、至近距離で依吹と目を合わせて、ポツポツと口を開いた。

「あれ、は……大切な物を勝手に持ち出して、ごめんなさい……って」

「それだけか？　他に、俺に言いたい……言わなければならないことは？　この際だ。全部白状しろ」

息のかかりそうな近さで目を合わせながら、なにもかも言えと迫られる。

開き直ることのできない佳寿は、視線を泳がせてしどろもどろに口を開いた。

「他に……は」

言葉尻を濁そうとしたけれど。依吹は許してくれなかった。

佳寿の手首を強く握り、厳しい声で尋ねてくる。

「俺に惚れたというおまえの言葉を、わかりやすい嘘だと言ったが……反論しないのか？　認めるんだな？」

抑揚のほとんどない口調からは、感情を窺えない。冷たい響きの言葉にハッとして、依吹と視線を絡ませた。

「あ……それ、はっ。最初……は、確かに嘘だった。なんとかして、屋敷に潜り込まなきゃ……って、苦し紛れの出任せ、で。でも、でもねっ、依吹くんと一緒にいて、依吹くんを知るうちに……本当になったんだ。勝手ばかり言って、ごめんなさい。信じて……くれなくても、仕方ないってわかってる」

伏せた耳を震わせて、『ごめんなさい』の数を重ねる。

なにをどう言っても、嘘ばかりの佳寿の言葉は信じてもらえないかもしれない。

でも……最初は思いつきで、苦し紛れの出任せだった依吹に対する『好き』が、いつから真実になったのは偽りではなかった。

きっかけはなにか？　考えても、佳寿自身にもよくわからないけれど。

依吹は、無言でジッと佳寿を凝視している。本当にもう言葉に裏がないか、探ろうとしているみたいだ。

佳寿は居たたまれなくなり、絡ませていた視線を逃がして白いシャツに包まれた肩口を見つめた。

「最後の質問だ。……麗しい自己犠牲精神で、俺についてきたのか？　同族のために、自分を差し出そうと？」

依吹の口から出たのは、佳寿の告白に対する答えではなかった。嫌味と皮肉を含んだ声で質問を重ねられ、唇を噛んで首を横に振る。

祖父たちは、どう思ったかわからない。

でも、佳寿はズルいから、依吹についていくことのできる言い訳をもらえたと……チラリと、そう考えてしまった。

「おれ、……サイテーだ。郷のためって言いながら……結局は、全部、自分のためだった。依吹くんの傍にいるあいだ、楽しくて……役割を忘れそうになって、て」

あまりの自分勝手さに、話しながら何度も言葉を詰まらせる。消えてしまいたいくらい恥ずかしくなって、耳を伏せた。

依吹は無言だ。怒るよりも、呆れてしまったのだろうか。

あの、キレイな瞳に軽蔑の色が浮かんでいるかもしれないと思えば、目を合わせることができない。

ジッと身体を硬くしていると、不意にグシャグシャと髪を撫で回された。驚いて、ビクッと肩を震わせる。

「やっぱりおまえは、バカ正直だな。バカだから、俺のモノに……って言葉の意味は、わからないか?」

恐る恐る依吹と視線を合わせる。

琥珀色の瞳に浮かぶのは……軽蔑や呆れではない？

「……煮ても焼いても食べられないから、フライにする……とか。踊り食い、は……ちょっとだけ嫌かな」

半ば本気で答えたのだが、依吹は呆気に取られたような顔で「やっぱりおまえはバカだ」と口にして、嘆息した。

何度も『バカ』と言われてしまったけれど、嘲る響きではない。

では、なにか？　うまく言葉で説明できないけれど、胸の奥が熱くてくすぐったい気分になっている。

依吹は、佳寿の顔を覗き込むようにして、ニッ……と意地の悪い笑みを浮かべた。

「そんなに食って欲しいのか。では、期待に沿って、生で食うことにしよう。……プロポーズを察せられない、お子様だ。子狸で鮮度は悪くないから、美味そうだな」

「え……、ええっ？　プロ……？」

さり気なく耳に飛び込んできた、とんでもない単語に目を剝く。

今、依吹は……プロポーズと言ったか？　その言葉の意味は、佳寿が知っているものと同じだろうか。

焦って聞き返そうとしたけれど、佳寿の後頭部を摑むようにして頭を引き寄せた依吹に唇を塞がれるほうが早かった。

「ぅ……、んっ、んん……っっ」

依吹と唇を合わせるのは、初めてではない。でも、これほど激しい……吐息まで奪うようなものは、これまで知らなかった。

苦しい。苦しい……のに、嫌だとはチラリとも浮かばない。

「ぅ……、ン……ン、ン」

もぞもぞ身動ぎをする佳寿の背中を、依吹は強く抱き寄せ……尾のつけ根を摑まれてしまうと、抵抗できなくなる。

プロポーズ……って、他に意味があった？　やっぱり、プロポーズはプロポーズ……で、でも……？

真っ白になった頭の中を、その言葉だけがぐるぐると駆け廻っている。

なんだろう。鼻の奥がツンと痛くなってきた。依吹のキス……が、慈しむように優しいせいだろうか。

「この……バカ正直で、バカみたいに素直で、やっぱりバカなところに……はまっちまったんだよなぁ」

唇を離した依吹は、佳寿の鼻を甘嚙みしてポツポツと語る。

ここにこうしているのが、恥ずかしい。恥ずかしくて……恥ずかしいだけじゃなくて、意味もなく泣いてしまいそうだ。

自分の感情がわからなくなり、どうすればいいのか惑うばかりの佳寿は、唇を尖らせて小さく反論した。

「っ、いっぱい、バカって言った……」

みっともなくかすれて震える、情けない声になってしまった。

けれど依吹が浮かべた笑みは、佳寿をバカにするものではなかった。

「そこが、かわいいって言ってんだよ」

依吹のその笑顔は、とてつもなくキレイで……佳寿は口を噤んで両腕を伸ばし、依吹に抱きついた。

背中にある依吹の手が動き、佳寿が着ているTシャツを捲り上げる。素肌を撫でられて、ゾクゾクと悪寒に似たものが背筋を這い上がった。

「脱がすぞ。自分で脱ぐのと……どっちがいい？」

有無を言わさず、強引にしてくれればいいのに。こうして佳寿に選ばせようとするあたり、やっぱり意地悪だ。

「っ、い、依吹くんが……して。おれ、なにも、わかんないから」

首から上が燃えるように熱い。

これまで知らなかった類《たぐい》の羞恥に、耳と尻尾を震わせながら訴える。

「俺の好きにしていい？　どんなことでも？」

「い、いい……って。そう、して欲しい……から」

依吹のせいにして、強引にされるから仕方なく……と。ズルい逃げ道を用意するのではなく、佳寿自身も望んでいるのだと告げる。

すると、依吹は見惚れるようなキレイな笑みを滲ませた。

「ふん、おまえがそう望むなら……遠慮なく」

「ん。おれ……も、依吹くんに触っていい？」

「……ああ」

うなずいた依吹は、シャツのボタンを二つ三つ外して頭から抜く。佳寿が着ている服も手際よく脱がせると、両手で身体に触れてきた。

ソファに腰かけた依吹は、上半身はあらわにしているものの下肢につけた服はそのままだ。佳寿だけが、隠すものが一つもなく……依吹の膝を跨ぐ体勢で、なにもかも琥珀色の瞳にさらけ出している。

羞恥を覚えるまでもなく、依吹の手が背中を撫で下ろして尾のつけ根に触れてきた。

「ぁ……あっ」

厚みのある肩をギュッと摑み、顔を押しつける。密着したところから伝わってくる素肌のぬくもりに、ドクドクと心臓が鼓動を速くした。

どうしてだろう。これだけで……気持ちいい。尻尾の毛を指先でくすぐられると、頭の芯《しん》がズキズキする。

「ン、依吹く……依吹くん、っぁ……ッ、あ！」

「精神年齢はお子様なのに、エロいなぁ。ちょっと尾に触れただけで、これかよ」

右手で尾を握り、左手で下腹部に触れ……快楽を得ている証拠を包み込まれる。ビクンと身体を震わせた佳寿は、半べそ状態で依吹にしがみついた。

「ゃ……だ、って。依吹くん、の手……が、って思っただけで……なんか、も……ぅ」

自分の身体は、どうなってしまったのだろう。鼓動がどんどん激しさを増していく。吐き出す息は、喉を焼くみたいで……身体中が苦しい。

原因は依吹だとわかっているのに、離れられない。

「ッチ、それが……計算じゃねぇから、タチが悪ぃ」

耳のすぐ近くで聞こえて忌々しげな舌打ちに、なにか悪いことを言ってしまったのかと肩をすくませる。

ごめんなさい……と謝ろうとしたのに、叶わなかった。

「ア！　ぁ……っ、ッ」

尾を摑んでいた手が、その下……に。指が、押しつけられたかと思った直後、身体の内側に浅く埋められる。

佳寿はこれまで知らなかった感覚に驚き、ゆるく首を振る。依吹の肩に縋りつく手に、自然と力がこもった。

「余裕、ねーなぁ。……おい、拒むな。丸ごと、残さず食ってやるから……力を抜いて俺に身を預けろ」

自嘲する響きで一言こぼした依吹は、もう片方の手でなだめるように佳寿の背中をポンポンと叩きながら、力を抜くよう促してくる。

コクコク小刻みにうなずいた佳寿は、震える息を吐いて依吹の言葉に従った。

「う、ん……んっ、ぁ……ッ！」

依吹の、指。しがみついた身体から伝わってくるのは、依吹の体温。

全部、依吹で……残さず食ってくれると言うのなら、佳寿にできることは身を任せるのみだ。

大きく息を吐き出すと、浅く埋められていた指が離れていった。耳のすぐ傍で、濡れた音が聞こえてくる。

「もともと、狸と狐の相性は悪くないんだ。過去には、婚姻を結んだ者もいる」

「え……？　あっ、ぁ……ッゃ、なん……でっ」

佳寿は初めて聞く婚姻云々と言う言葉に驚き、聞き返そうとした。けれど、今度は濡れた感触の指が挿入されて目を見開く。

さっきの音……指を舐め濡らしていた？　そう頭に浮かんだ直後、じわりと熱が広がってビクビクと耳を震わせる。

身体の中……粘膜が依吹の指に絡みついたのがわかり、戸惑いに視線を揺らした。

「互いの体液は……媚薬《びやく》に似たものらしいぞ。蜜欲《みつよく》に溺れて、身を滅ぼす危険があるから、殊更『敵』を強調して近づかないよう戒められていたのかもしれないな」

佳寿の反応で、なにが起こっているのかわかったのだろうか。依吹は低く口にして、「イイなら、なにより」と密《ひそ》やかに笑う。

首を左右に振った佳寿は、依吹の肩口を引っ掻いて訴えた。

「ゃ、やだ。おれ……だけっ、なんて。依吹くん、も……っ」

「まだ慣らしていない」

「平気、だから。なんでも、い……っから」

必死で、自分だけワケがわからなくなるのは嫌だと伝える。密着した下腹部に、依吹の熱も伝わってくるのだ。

「ッ、あー……くそ、下手くそな誘惑に煽《あお》られる俺も、どうかしてる……な」

ほんの少し苦いものを含んだ声でそうこぼして、指を引き抜く。次に押しつけられたものは、指とは熱の質量が比べ物にならない……と思った直後、グッと息を詰めた。

「あっ、ン……ぅ、ぁ」

「佳寿。息は……詰めるな。ほら、ゆっくり……だから」

じわじわと……でも、確実に熱に侵食される。自重で依吹を迎える形となり、震える手で汗ばんだ背中にしがみついた。

「っふ……、熱い……依吹、く……」

「おまえも、熱いぞ」

重なった胸元からは、ドクドクと猛スピードで脈打つ心臓の鼓動が伝わってくる。どちらのものか、混ざり合って区別がつかなくなりそうだ。

動悸だけでなく……繋いだ身体も、どろどろに融け合ってしまいそうだった。

「佳寿……っくしょ、離したくね……な」

「ン、んっ、おれ……もっ、依吹く……ん、といる」

このまま、混ざってしまえばいいのに……。

自然と滲んだ涙で、視界が白く霞《かす》んでいる。

依吹の肩越しに、ふわふわと揺れる金色の優美な尾が目に映り……無意識に手を伸ばして、キュッと握り込んだ。

「ッ、こら……おまえ、ッ……ぁー……もう知らねぇ」

一瞬息を呑んだ依吹が、グッと強く佳寿の腰を掴む。加減を手放したとわかる激しさで身体を揺らされて、依吹の背中に爪を立てた。

「あっ、ぁ……ぃ、やだ、依吹く……、も……っ、そんな、した……ら、おれ、変にな……

変、な……ちゃぅ、から……ぁ、ぁ！」

「どうにでも、なれ。俺、も……理性なんか、手放してる」

お互いさまだと言いながら、佳寿の尻尾を握り込む。

普段だと、痛いはずの強さで……でも今は、たまらなく甘美な刺激だった。

底なし沼のような快楽に浸り、溺《おぼ》れて……ただひたすら、互いの熱を共有する。

思考も理性も、なにもない。佳寿の中にあるのは、依吹の存在だけ。

夢中で縋りつき、心地いい尻尾をいじりながら……夢と現の狭間《はざま》のような、非現実の感覚に漂った。

□　□　□

「……依吹くんの尾、三つある……？」

ベッドに移り、ぐったりと身体を横たえた佳寿は、視界の端に映る不思議な光景をぼんやりと口にする。

佳寿の隣に身を横たえた依吹の身体の向こう側では、なぜか尾が複数揺れているみたいなのだ。

「直系の妖狐だからな。妖力を全開にしたり、理性を完全に飛ばすと……封印が解ける」

つまり、コレが『神代』の名を有する狐の本来の姿らしい。

そういえば……ポメラニアンに擬態していた時に、畳に映った依吹の影に『尾が三つ』あったような気がする。

「……キレイだね」

自然と浮かんだ言葉を口にして、仄《ほの》かな笑みを滲ませる。

依吹は、嘆息して両腕の中に佳寿を抱き込んだ。

トクン……トクン……落ち着きを取り戻した、心臓の鼓動が聞こえる。ホッとする、心地いい音だ。

「夜、もう一度おまえの実家に行くとしよう。狸族の栽培するみかんとか、農作物の加工や販売ルートについて……提携を申し出る。双方にメリットがあるよう、図ろう。おまえは、そのパイプ役として俺の手元に置く。これなら、文句はないだろう」

「……そんなこと、できる？」

「できるできないじゃない。やるんだよ」

頼もしい言葉に、コクンとうなずく。

佳寿の背中を、子供をなだめるようにポンポンと軽く叩きながら……「参ったな」と小声でぼやくのが聞こえてきた。

眠りに落ちかけていた佳寿は、聞き返すことができなかったけれど、依吹は嘆息してもう一言つぶやく。

「チッ……負けだ」

恋合戦を制したのは、どちらのほうだろう……？

あとがき

初めまして、こんにちは。真崎ひかると申します。『キツネとタヌキの恋合戦』をお手に取ってくださり、ありがとうございました。

またしても、なんだかイロモノを世に送り出してしまったような気が……します。あ、弘法大師空海が四国からキツネを追放した……という話は、伝承に創作を混ぜたものです。実際に昔から、四国にはタヌキはいてもキツネはいなかったとか。鉄の橋が架かった現代は、もしかしてキツネが戻ってきているかもしれませんね。

こんなイロモノなのに、すごくキュートなタヌキ佳寿と、クールで格好いいキツネ依吹を描いてくださった麻生ミツ晃先生には、感謝感激です。とても可愛い二人を、ありがとうございました！　獣耳と人間耳が同居しているのは、私が「依吹の眼鏡のために、人間耳を残してやってください……」と妙なお願いをしたせいです。困らせて、申し訳ございませんでした。読んでいて「ん？」と首を捻られた方、獣耳がある時の人間耳は、飾り的なものだと思っていただけるとありがたいです。

担当O様。今回も、お世話になりました。ありがとうございました。電話口で、「私、シャレードのイロモノ担当になっていません？」とつぶやいた際、「……そんなことないですよっ！」と力強く否定してくださいましたが、微妙な間があったことに気づいていますよ～（笑）。いえ、Oさんの『もふもふ愛』は存じていますので、いいですが。

こんなイロモノを読んでくださった方。ここまでおつきあいくださり、ありがとうございました。ちょっぴりでも楽しんでいただけると、幸いです！

次のシャレードさんでは、狼族の元祖（？）『もふもふ』が登場するはずです。……またしてもイロモノ予定ですが、そちらでもお逢いできると、とっても嬉しいです。

二〇一三年　　偶然にも、この夏も渇水です　　真崎ひかる

真崎ひかる先生、麻生ミツ晃先生へのお便り、
本作品に関するご意見、ご感想などは
〒101-8405
東京都千代田区三崎町2-18-11
二見書房　シャレード文庫
「キツネとタヌキの恋合戦」係まで。

本作品は書き下ろしです

CHARADE BUNKO

キツネとタヌキの恋《こい》合《がっ》戦《せん》

【著者】真崎《まさき》ひかる

【発行所】株式会社二見書房
東京都千代田区三崎町2-18-11
電話　03(3515)2311[営業]
　　　03(3515)2314[編集]
振替　00170-4-2639
【印刷】株式会社堀内印刷所
【製本】ナショナル製本協同組合

落丁・乱丁本はお取り替えいたします。
定価は、カバーに表示してあります。

ISBN978-4-576-13123-8

http://charade.futami.co.jp/